Du même auteur

Toccata, Op der Lay, *2007*

De Profundis, Op der Lay, *2009*

In Articulo Mortis, Guy Binsfeld, *2011*

Les corbeaux de Greenwood, Guy Binsfeld, *2012*

Luxembourg Zone rouge, Op der Lay, *2019*

Le réseau Raspoutine, pierre-decock.com, *2020*

Lea m'attendra, Crime.lu, *2023*

Le moine à la boucle d'oreille, Crime.lu, *2023*

VICTOR

De l'autre côté du mur

PIERRE DECOCK

Malgré le réalisme de ce récit, ce que vous allez lire est une œuvre de fiction. Toute ressemblance avec des personnes existantes ou ayant existé serait totalement fortuite. Libre à vous d'imaginer le contraire.

14 avril 2016 - 23 heures

Une soirée comme tant d'autres. La maison est endormie. Je sors sans bruit, traverse le palier et descends l'escalier en veillant à ne pas faire grincer les marches. Pas trop de soucis à me faire ; je connais bien ma petite famille, à cette heure-ci, ils sont tous dans les bras de Morphée.

Je m'installe au salon face à l'ordinateur.

Flûte ! Albert a encore changé le mot de passe. Par moments, il est un peu parano. De toute façon, ce n'est pas un problème, j'ai l'accès « administrateur » du système. Une fois l'ordi débloqué, je parcours rapidement sur Internet les nouvelles du jour. Toujours cette menace de hausse des taux qui agite la planète Finance. Un petit tour sur les places boursières me rassure. Le Dow Jones est bien bas, mais c'était à prévoir. J'ai bien fait de revendre mes actions HP. La bourse de Francfort par contre se porte mieux et de voir la courbe du DAX, un peu au-dessus de mes estimations, me comble d'aise. J'hésite. Je pourrais réinvestir mes plus-values réalisées dans le pharmaceutique, comme le conseillait un article récent du *Frankfurter Allgemeine Zeitung*. Mais deux jours plus tôt, l'édito du

Financial Times recommandait exactement l'inverse.

Je remets cette décision à plus tard.

En attendant, mes petits placements se portent bien. Je mets à jour mon portefeuille dans son tableau Excel, puis je planque soigneusement le fichier dans un répertoire caché. Il ne faudrait pas que cette petite peste de Charlotte qui fourre son nez partout tombe dessus et me le foute en l'air.

Avant de conclure, je passe encore quelques minutes sur un intéressant dossier d'*el Economista* consacré au marché de l'immobilier. Malheureusement, je n'ai pas en espagnol les facilités dont je bénéficie en anglais et en allemand ; je peine un peu. D'ailleurs, la lueur bleutée de l'écran plat commence à me fatiguer les yeux et une longue journée m'attend demain.

J'éteins l'ordinateur et sans bruit, je monte me coucher.

Oui. Une soirée comme tant d'autres. Banale.

Une chose encore cependant. J'ai six ans.

15 avril 2016 au matin

Cette avance spectaculaire que j'ai pour mon âge n'est pas sans poser certains problèmes. À dire vrai, elle est elle-même une source de préoccupations quotidiennes. Je suis persuadé que la révéler au grand jour rendrait mon parcours scolaire complètement chaotique, mon futur aléatoire et surtout ferait de moi une sorte d'animal de cirque. J'ai en effet un niveau que n'ont pas certains lorsqu'ils passent la porte de l'université. Donc, pour toutes les raisons évoquées ci-dessus, et pour une autre aussi que je révélerai plus tard, je tiens à ce que personne n'en sache rien. Cela, il faut le dire, est un véritable chalenge, un défi de tous les jours.

L'école tout d'abord.

Bien heureusement, j'y ai fait mon entrée très tard. Accablé de toute une succession de maladies infantiles et de complications diverses, j'ai échappé au préscolaire et traîné à la maison ou même à l'hôpital jusqu'à l'âge de cinq ans et demi.

Mes premiers jours d'enseignement primaire ont été un choc. J'avais toujours considéré ma famille comme la collision improbable de pauvres gens charmants, mais au profil limité. Je découvris à l'école qu'il y avait en réalité bien pire.

À ces chères têtes blondes ou brunes, il faut tout expliquer, en partant de zéro. La leçon consiste généralement à exiger le silence, jamais obtenu, puis, de désespoir, entamer une performance au cours de laquelle on ressassera inlassablement les notions les plus basiques. En fin de journée parfois, je crois deviner dans les réponses ânonnées une lueur d'espoir. Et le lendemain, tout est à refaire. Désespérant.

Pour moi, les heures passent, interminables. Je compte les minutes, les clous sur le mur, les mouches au plafond. Et quand une question du maître me surprend dans ma rêverie, j'ai immanquablement l'air complètement idiot. Cela m'arrange. Afin que personne ne puisse soupçonner l'étendue réelle de mes capacités, j'affecte une sorte de désintérêt, de distraction pathologique qui me réussit plutôt bien. Je veille à produire en alternance des énormités et des réponses plus ou moins correctes de manière à rester dans la moyenne du troupeau. Parfois, je laisse échapper par inadvertance un éclair de génie comme à cette occasion où, emporté par mon enthousiasme, je lus d'une traite la fable du Corbeau et du Renard en négligeant d'hésiter entre chaque syllabe.

– Remarquable, mon petit …remarquable !

Devant le visage ébahi de mon instit, je compris mon erreur et tentai de me rattraper.

– Je... J'avais déjà lu cette fable avec ma mère.

Peut-être m'a-t-il cru, peut-être pas. Depuis, je sens peser sur moi son regard plein de suspicion.

Ce petit monsieur qui anime mes mornes journées s'appelle Mohamed Binet. Momo pour les intimes. C'est un jeune mec sympa, un peu timide, mais très investi dans son boulot. Il anime des activités extrascolaires et a remis sur pied la médiathèque du quartier. Je me suis renseigné sur son compte. Enfance sans histoire, inconnu des services de police, membre actif de « la Joie par le Sport », une association locale, et Bac avec mention. Jusque-là tout va bien. Encarté depuis 2014 au Parti socialiste ; là, c'est déjà moins bon. Étudiant en médecine, deux mois seulement. Puis, télévendeur pour une boîte d'intérim ; il faut bien vivre. Il se réoriente ensuite vers une licence en lettre, qu'il termine honorablement, avant de réussir le CREP, Concours de Recrutement des Professeurs des écoles.

J'aurais pu plus mal tomber ; contrairement à certains de ses collègues, il écrit sans faute. Presque. Je dois mordre sur ma langue quand je l'entends faire des liaisons incongrues ou qu'il malmène au tableau l'accord du participe passé.

Bon, je lui passe cela, de même que sa carte du PS, car je dois lui reconnaître une grande qualité : la patience. Comment fait-il pour supporter ces vingt-cinq monstres qui s'agitent de huit à seize heures trente, hurlent, se battent, se lèvent pour emprunter une gomme, un crayon, un portable, pour aller pisser ou tout simplement pour aller faire des conneries dans le couloir ? Ce chaos m'est insupportable et m'encourage dans mon isolement. Pourtant, je vais devoir m'y faire. Même si je laissais éclater au grand jour mes petits talents, même si je parvenais à faire sauter un an ou deux de mon parcours scolaire, il m'en resterait encore une dizaine à devoir supporter cette collection de nigauds.

À la fin de la matinée, Momo m'appelle.

– Reste une minute, Victor, j'ai à te parler.

Zut. Victor, c'est moi. Qu'est-ce qu'il me veut, ce zèbre ?

Il remonte ses lunettes rondes et me considère d'un air préoccupé.

– Tu vois, Victor, je t'observe depuis un certain temps...

Aïe, je suis découvert.

– ... et je m'inquiète beaucoup pour toi.

Brave petit cœur.

– ... tu as fait ton entrée bien tard à l'école et tu sembles t'y adapter avec peine.

Tu n'imagines pas à quel point !

– ... en particulier en ce qui concerne tes relations avec tes camarades.

Nous y voilà.

— Je te vois souvent seul, isolé. Tu ne dois pas rester ainsi dans ton coin... Ne penses-tu pas que tu devrais essayer de te faire des copains ? Non ?

J'opine du bonnet et il m'ébouriffe les cheveux.

— Bien. Rentre chez toi et à demain.

Ouf ! Je m'en tire à bon compte.

Sur le chemin de la maison, je continue pourtant à y penser.

Le trajet n'est pas bien long ; une demi-heure. Mais c'est un parcours semé d'embûches. J'évite le bloc voisin de l'école, même s'il me permettrait de gagner quelques minutes. La présence de guetteurs aux deux entrées du quartier me confirme qu'il ne fait pas bon s'y risquer.

J'évite également avec soin le camp de clandestins sous le pont et le pitbull des clodos de la rue suivante.

C'est cet itinéraire en zigzag qui me donne généralement l'occasion de m'offrir une gourmandise chez Güney et de visiter la librairie du quartier.

Avec mon euro d'argent de poche, je m'achète un Carambar à l'épicerie du père Güney. Je pense que c'est ce genre de chose qu'on est censé faire à mon âge. Ça colle aux dents, c'est trop sucré et les blagues sont nulles, mais on s'y fait.

Je m'arrête ensuite devant la librairie. En vitrine, j'aperçois le dernier numéro de Capital. « Bourse. Les affaires à ne pas manquer ». C'est pour les gogos, mais je me le déchargerai ce soir en pdf. Occasions en bourse ou pas, côté liquide, je suis à sec. Je remets à une autre fois ma petite discussion avec Louis, le libraire. Je me demande ce que ce type fait là. Il a lu tout Proust, tout Hugo et tout Dumas. Je préfère ne pas lui avouer que pour une bonne partie, je les ai lus aussi.

En mâchant mon caramel mou, je rumine doublement. Momo m'a foutu les jetons. J'ai l'impression que ce n'est pas tombé loin. Heureusement, il n'était question que de mes relations sociales.

Cela dit, je devrais y travailler.

15 avril 2016 - midi

– Coucou, c'est moi !

C'est la phrase code pour entrer depuis que Charlotte a perdu sa clé et que la porte reste ouverte à l'heure de notre retour d'école.

Alice est déjà là et me salue depuis la cuisine. Albert travaille plus loin et n'a pas le temps de revenir à midi. Il est habituellement de retour juste à temps pour le dîner.

Je balance mon sac sous le porte-manteau et je m'installe à table.

Charlotte a son livre de science ouvert devant elle et elle révise en chiquant la bouche ouverte. Elle est deux classes au-dessus de moi et ne rate pas une occasion de me le faire sentir. Elle me fixe au travers de ses lunettes roses et m'adresse un sourire malicieux. Ses dents en avant lui donnent un air de petit lapin.

– Savais-tu, Victor, que le triton n'est pas un reptile, mais un batracien ?... Comme la grenouille, d'ailleurs. Hein ? Tu le savais ?

Évidemment, connasse.

– C'est quoi un batracien ?

Trop heureuse, elle enchaîne :

– Eh bien, c'est une sorte de grenouille qui respire dans l'eau.

Quelle chance. Essaye donc à la piscine pour voir.

– ... Quand tu seras dans les grandes classes comme moi, tu sauras toutes ces choses. Si du moins tu t'appliques un peu ; il te faut travailler et étudier beaucoup si un jour tu veux...

Et gnagnagni et gnagnagna...

Charlotte est partie cracher son chewing-gum, car Alice vient de faire son entrée avec le plat du jour. Mercredi, ce sont les pâtes, sauce tomate et boulettes. C'est ce qu'elle réussit le moins mal depuis qu'elle en a trouvé la recette sur topchef-pourles-nuls.com. Pour être exact, depuis que je lui en ai mis l'adresse dans sa home page pour être sûr qu'elle ne la loupe pas.

Mais je me rends compte que je manque à tous mes devoirs. Je m'étends sur moi-même depuis un moment et je ne crois pas avoir présenté ma famille.

En fait, elle n'a rien d'exceptionnel, mais c'est celle dont j'ai hérité et qui constitue mon cadre de vie ; à ce titre, elle mérite donc un minimum d'attention.

Ma mère, c'est Alice. Je n'arrive pas à l'appeler « Maman », sauf quand les circonstances m'y contraignent. Pour moi, c'est Alice, tout simplement. Une charmante personne. Pas bête. Elle avait même décroché son bac. Mais comme elle préférait les discussions sur Facebook aux longues soirées d'étude et l'ambiance des sorties en boîte à celle des amphis, elle en est restée là. Elle travaille comme agent commercial pour un opérateur de téléphonie mobile. Autrement dit, elle tente de convaincre des naïfs que leur opérateur actuel les roule et qu'en changer améliorera leurs fins de mois. Je doute que ce soit vrai, mais en tout cas cela contribue à arrondir les nôtres. Je dois dire qu'elle n'est pas trop moche, Alice. Et si elle s'abstenait d'aller se faire coiffer chez sa copine Aïcha, elle serait en réalité plutôt jolie.

Même si elle passe, du fait de son métier, peu de temps à la maison, Alice est gentille avec nous. Avec moi en particulier. Elle ne rate pas une occasion de m'ébouriffer les cheveux en me lançant un « ça va, chouchou ? », ce dont j'ai horreur.

Côté sombre, cette personne est bordélique et, ce qui n'arrange rien, d'une distraction maladive. Ses affaires traînent dans toute la maison. Quand ce n'est pas sa veste, ce sont ses clés ou son portefeuille qui ont disparu mystérieusement et que l'on retrouve finalement aux endroits les plus improbables.

À déplorer également, ses talents culinaires.

Et si elle n'est pas douée pour la cuisine, ce n'est pas faute d'essayer. À mes dépens d'ailleurs... « Goûte-moi ça, mon chéri ! »

Oublié trop longtemps dans un four mal réglé, son dernier pain de viande pur bœuf était une catastrophe. Crissant sous la dent et rouge au centre. Le pire, c'est qu'il en restait pour le lendemain.

Sinon à part ça, je l'aime bien, car elle n'est pas compliquée et elle me fiche une paix royale.

Personnage suivant : ma sœur Charlotte.

Qu'ai-je donc fait pour mériter cette calamité ? De deux ans et demi mon aînée, prétentieuse, stupide, agaçante, curieuse, superficielle et moche.

Bon, j'exagère un peu. Elle n'est pas tout à fait moche ; même si ses lunettes roses et ses dents de devant trop grandes n'arrangent rien à l'affaire. Mais curieuse et agaçante, elle l'est certainement. Il n'y a pas un tiroir ou un placard de cette maison qu'elle n'ait exploré dans le moindre recoin. En outre, il y a cette insupportable manie de chiquer la bouche ouverte. Mon Carambar au moins, je l'avale. Ses chiques à la chlorophylle, par contre, elles durent des heures et lui donnent une haleine de déo pour cabinet. Ces machins parfumés au

E140 ne l'empêchent pas de se prétendre atteinte de toute une série d'allergies. Tantôt à cause du gluten, tantôt des arachides ou du sulfite, elle perturbe au gré de ses goûts et des visites médicales le régime alimentaire de toute la famille.

Le plus dur en ce qui me concerne est son obstination à me materner, à m'expliquer le sens de la vie, histoire de marquer lourdement sa position d'aînée, et surtout à fourrer son nez dans mes affaires. Ma grande crainte est qu'elle ne découvre par accident mes dons surprenants, et pire encore mon terrible secret !

J'évite donc les contacts autant que faire se peut, mais dans ce logement de 92 mètres carrés, avec une toilette et surtout une seule salle de bains, on ne peut rien garantir, d'autant que depuis qu'elle pique le maquillage de sa mère, ses séjours dans la salle d'eau sont interminables. Et tout cela, pour un résultat que je juge épouvantable.

Garder mes distances, donc, la remettre subtilement à sa place de temps à autre sans dévoiler mon jeu, voilà la politique que j'ai adoptée. Les heures de repas et les soirées télé en sa présence, circonstances dans lesquelles elle nous dispense ses stupides commentaires, constituent une contrainte qui m'est particulièrement pénible.

Mais comme pour l'école, je souffre en silence.

Enfin, pour terminer ce panorama familial, voici Albert. Je gardais le meilleur pour la fin.

Ce père attentionné, qu'on appelle Albert, se prénomme en réalité Abdel. C'est un homme d'une intelligence moyenne et un peu candide, mais c'est quelqu'un de bon. Il croit naïvement à la beauté du monde qui l'entoure et s'obstine à ne retenir et commenter des journaux télévisés que les nouvelles heureuses. Il est donc ces temps-ci de moins en moins prolixe.

Il voit aussi la main de Dieu dans tous les bienfaits dont il a été comblé : une épouse aimante, deux adorables enfants et un travail valorisant.

Pour les adorables enfants, j'ai un doute. Quant à la maison, c'est moins la providence divine que le charme d'Alice qui a dû jouer auprès de l'Office HLM, mais laissons à Albert ses illusions.

Avec le temps, j'ai appris à le connaître, Albert. En réalité, c'est un faux calme. Les événements de la journée lui pèsent et quand il rentre au bercail, derrière son sourire, je devine une tension cachée. Au fil des jours, ces tensions s'accumulent et le week-end, sous ses airs placides, il est une vraie boule de nerfs.

De temps à autre, pour des raisons inexplicables, il explose. Le déclencheur de ces crises est souvent anodin : des outils mal rangés, un appareil en panne, un papier qui traîne. Alors, il jure, frappe du poing sur la table, puis, invariablement, il s'excuse. Les choses ne vont jamais plus loin. Comme soulagé, Albert retrouve son naturel paisible et bienveillant, en attendant la semaine suivante.

Albert et Alice sont mariés depuis neuf ans et toujours pas divorcés. Un record dans la famille et dans ce quartier où mes petits copains ne comptent plus leurs papas et leurs mamans. Le cas Alice et Albert, on appelle cela en statistique « une donnée aberrante ».

De ses origines, Albert n'a conservé qu'une tante voilée un peu casse-couilles, heureusement exilée à Lyon, et une répulsion viscérale pour la viande de porc. Pour le reste, il ne fréquente pas la mosquée et ne néglige pas de boire un petit coup de temps en temps. Je doute fort qu'il y ait aux RG une fiche « S » le concernant.

Je l'aime bien cet Albert, même si je le trouve parfois un peu pathétique dans sa grande naïveté. Il n'y a pas si longtemps, croyant signer simplement le renouvellement de sa carte visa, il s'est ouvert une ligne de crédit auprès d'un organisme financier, avec à l'avenant des frais de dossier scandaleux. Me fendant d'un mail, au nom d'un prétendu avocat, j'ai réussi à faire annuler ce contrat sans qu'il n'en sache rien.

Tous les matins, très tôt, Albert quitte la maison pour rejoindre son travail à l'autre bout de la ville. Il exerce les fonctions d'agent de sécurité dans un gigantesque centre commercial, une horreur sortie des cartons d'un architecte mégalomane. Albert erre là dans les couloirs, les patios et les rayons, le sourire aux lèvres. Il se croit redoutable, et ses patrons également en sont persuadés : les jours où il est de service, le taux d'incident diminue de moitié.

En réalité, tous les petits voyous du coin connaissent ce charmant monsieur et l'apprécient. C'est un brave type auquel ils préfèrent éviter les ennuis.

Si Albert a décroché ce job, c'est sans doute parce qu'il ne faisait pas trop arabe pour un Maghrébin, et aussi parce qu'il avait pratiqué le kick-boxing dans ses jeunes années. J'ai découvert cela récemment, non sans une certaine surprise ; c'est un peu comme si on vous apprenait qu'Audrey Hepburn était ceinture noire de karaté. Car papa Albert est plutôt petit, il ne se départit jamais de son touchant sourire, et avec ses grands yeux noirs et ses paupières tombantes, loin d'impressionner, il attire d'emblée la sympathie.

Une charmante famille donc, dont je m'accommode et que je tente de préserver de ma précocité... ainsi que d'un autre secret qui me ronge.

25 avril 2016

Trouver un copain, c'était vite dit. Dans la cour de l'école, j'examine un à un mes camarades de classe, un peu comme le ferait un DRH pour des candidats à un poste de direction. D'emblée, j'élimine les filles. En dessous de seize ans, je les trouve nunuches et nulles, même si je dois reconnaître que la petite Tanja avec ses grands yeux bleus est plutôt mignonne. De toute façon, ce n'est pas un bon plan. Une relation à mon âge avec une représentante de l'autre sexe paraîtrait prématurée et suspecte.

Bon, les mecs, alors.

Karim. Il est bien gentil, mais qu'est-ce qu'il est con. Je ne m'imagine pas passant toutes mes récrés à discuter avec lui de sa prestigieuse collection de boîtes de coca-cola.

Cyprien. Il est bien gentil, mais qu'est-ce qu'il est con. Il est amoureux de son vélo et de sa maman (un canon, je l'admets). Sa seule préoccupation, c'est de s'assurer que sa bécane est bien attachée, qu'elle n'a été ni volée ni griffée et qu'il pourra après l'école rejoindre sur son engin sa jolie maman qui l'attend avec des cookies.

Bilal. Il est bien gentil, mais qu'est-ce qu'il est con. Il pleure le jour de la rentrée, le lundi, lors de la remise des notes ou lorsqu'on le bouscule dans la cour de récré. Un traumatisé de l'enseignement obligatoire. D'une certaine façon, comme moi.

Ça, c'était pour les gentils un peu cons. Maintenant, il y a les cons pas gentils.

Babacar. Il tape d'abord, il discute après. Il se fait payer en vignettes Panini. J'évite tous contacts, mais si d'aventure il s'en prenait à moi, je suis bien décidé à ne pas me laisser faire. Cela dit, j'ai toujours en poche une série de vignettes. Sait-on jamais.

Jimmy. C'est son surnom. Il est Albanais ; ses vrais noms et prénoms sont imprononçables. Lui, il tape, même si on le paye. C'est un mauvais moment à passer, même si ça coûte moins cher.

Puis, il y a tous les autres, inclassables ; Lucien, Cédric, Jamal, etc. Le décalage est tel entre mon niveau intellectuel et le leur, entre leur culture, leurs aspirations et les miennes, que nos profils respectifs sont irréconciliables.

Après mûre réflexion, je sélectionne faute de mieux le petit Jonathan. Dans la colonne des moins, je dois noter qu'il a la mentalité d'un gosse de six ans, ce qui est précisément son âge. Je note aussi qu'il est plutôt fluet, et qu'il ne me sera donc d'aucun secours si Babacar ou Jimmy venaient à s'intéresser à moi.

Dans la colonne des plus, je dois concéder que c'est un garçon éveillé, qui se passionne pour l'astronomie et pour la vie des fourmis. Pour une histoire de couvercle mal fermé, la colonie qu'il avait amenée au cours d'éveil s'est dispersée dans la classe nous laissant un souvenir inoubliable.

Demain j'entamerai les travaux d'approche.

La journée est passée si vite. Je ne m'en plains pas.

Retour au bercail.

26 avril 2016

Je jette ce maudit cartable sous le lit. Pour la forme, j'ouvrirai plus tard sur le bureau un livre et un cahier. Un cancre assidu... je ne sais pas si ça existe, mais c'est en tout cas l'image que je m'efforce de donner.

En attendant, étendu sur ma couette, je rêve en regardant le plafond. Il me reste quelques heures avant le dîner... le temps de glander un peu, puis de me défouler sur ma PS4. J'adore les jeux vidéo, en particulier ceux qui me permettent de m'immerger dans des mondes virtuels. Comme chevalier, sorcier, héros d'aventures épiques, j'ai l'impression de retrouver une place qui est la mienne, un rôle à ma mesure. Une fois revêtue mon armure, plus personne pour m'imposer ce que je dois faire, dire, apprendre ou manger. Je suis pour quelques heures un homme puissant, maître de son destin. Évidemment, je reconnais que cette activité n'a rien de très créatif. En réalité, je réserve ma phase de productivité pour la fin de soirée, à l'heure où les autres occupants de cette maison auront regagné leurs pénates. Mais déjà, c'est plus fort que moi, je carbure. Les cours de bourse, les indices me trottent dans la tête. Pas besoin d'ordi pour ça. Et quand le soir tombe, me voilà pris d'une agitation intérieure incontrôlable. Sans doute est-ce le prix à payer pour cette indolence que je dois feindre le jour durant. Peut-être est-ce aussi la conséquence de ces souvenirs qui me travaillent ? Mon petit esprit bouillonne d'idées que je brûle de mettre en œuvre. Je sens les choses, je perçois les moindres fluctuations, les moindres frémissements du marché ; mes réflexions s'enchaînent presque naturellement, les décisions à prendre coulent de source. Une fois couché, je fixe les chiffres rouges qui s'égrènent sur l'écran de mon réveil digital. La patience n'est pas mon fort et je guette avec fébrilité les moindres bruits dans la maison. Dès que le sommeil semble avoir gagné les autres habitants des lieux, je me glisse hors du lit et pars retrouver l'ordinateur familial qui trône au salon.

C'est un bon modèle ; écran 16 pouces, 1 téra de stockage, double processeur et tout un tas d'options géniales. Hélas, l'engin est destiné à une utilisation collective. Il m'a été très difficile de convaincre Albert de l'acquérir. Alors, je n'ose même pas penser à sa réaction si je l'incitais à m'en offrir un pour mon usage personnel.

Ce soir, je mets la dernière main à la nouvelle version de mon site Smart2BC.com. Une plateforme Internet qui permet de gagner gratuitement des bitcoins... en me laissant au passage ma petite commission. J'ai déjà réalisé par ce procédé de jolis bénéfices, au point d'avoir créé au Delaware une société de gestion d'actifs. On en fait des choses sur le net !

Je confie également aux bons soins de cette société les revenus de mes placements boursiers. Là aussi, un beau petit pactole.

Voici six mois, gagné par de folles ambitions, j'ai eu l'idée de faire profiter de cette opportunité quelques privilégiés ; le monde des professions libérales regorge de médecins, avocats ou notaires qui ne savent que faire de leur argent. J'en ai contacté une centaine par mail, faisant étalage de références éblouissantes, de revenus garantis, d'une absence de risque avérée... Une dizaine a mordu à l'hameçon. Je gère depuis une partie de leurs avoirs avec des résultats plutôt encourageants et ici aussi, en ce qui me concerne, une rétribution qui n'est pas négligeable.

En réalité, je ne comprends pas bien ce qui m'arrive. Je suis dans cet univers comme un poisson dans l'eau. Le monde de la bourse, celui des entreprises, le business... j'y suis attiré comme par un tourbillon.

L'heure tourne, il est tard dans la nuit. Mes petits doigts sont gourds sur le clavier, ma vue se brouille.

Je regagne mon lit.

En classe, à nouveau, je m'endormirai.

Victor

27 avril 2016

J'ai donc pris contact avec le dénommé Jonathan.

C'est en effet un jeune garçon intéressant, bien au-dessus du niveau de ses petits camarades. Pendant une demi-heure, nous avons discuté astronomie, cosmologie et astrophysique. Version light. Contrairement à d'autres, il tient pour acquis que c'est la terre qui tourne autour du soleil et non l'inverse. Et ses connaissances vont bien au-delà. Apparemment, il fréquente avec son père un club d'astronomes amateurs. Il a promis de m'emmener un de ces soirs observer les étoiles et certaines planètes. Rendez-vous est pris en août pour la Nuit des étoiles.

Alors que se poursuivait notre discussion, j'ai bien pris soin de nous faire voir par Momo. J'espère que ces quelques minutes en tête-à-tête feront illusion.

Mais aussi intéressant que soit ce petit bonhomme, je reste frustré. J'aimerais m'entretenir d'égal à égal avec des adultes, et dans la mesure du possible avec des adultes cultivés.

Pour un gosse de six ans, je sais que c'est débile, à tout le moins prétentieux. Mais je vis des choses que moi seul peux comprendre. Je suis conscient d'être en décalage total avec ceux de mon âge. Pire, c'est mon existence elle-même qui est complètement désynchronisée par rapport au monde dans lequel j'évolue. Cette prise de conscience m'amène à me poser des questions. Je ne suis pas simplement un enfant précoce, un petit prodige. Paradoxalement, je suis quelqu'un de normal. Normal, mais déphasé. Un être victime d'un étrange phénomène de distorsion temporelle. Un type qu'on a débarqué par erreur dans le bon siècle, peut-être, mais la mauvaise année. Je suis en quelque sorte né au mauvais âge. Je suis un adulte qui, quand il se regarde dans une glace, découvre un gosse de six ans... mais qui pourra comprendre cela.

Plus j'y pense, plus je suis certain que la source de cette aberration gît dans mon passé lointain. Ce passé, il est bien là, mais il est obscur, menaçant, et il me reste celé. Quand je me tourne vers lui, c'est pour me retrouver face à un mur.

Je sais que d'une certaine façon, ce mur me protège, un peu comme ces souvenirs-écrans des psychanalystes. Le franchir m'exposerait à de terribles déboires. Il y a là un abîme où je me perdrais. Un jour cependant, il me faudra bien affronter l'innommable.

Et ce jour peut-être est venu.

28 avril 2016

Alice repose bruyamment sa cuillère.

– Au fait, on est quel jour aujourd'hui ?

– Jeudi.

– Ah oui... les courses.

Tandis qu'Alice part à la recherche de ses clés et de son sac, je finis à la hâte mon petit-déjeuner. Le jeudi, Alice commence plus tard et en profite pour faire les provisions pour la semaine, ce qui nous libère le samedi matin.

– Mais merde ! Elles sont où ces clés ?

Albert pianote nerveusement sur la table et lève les yeux au ciel.

– À la cuisine, à côté du pain.

– Ah oui, et mon sac ?

Cette fois c'est Charlotte qui intervient, décrochant un instant de son smartphone.

– Sur le fauteuil du salon.

– Ah oui... Allez, hop-hop-hop ! Je vous laisse !

La porte se claque.

Albert se lève, nous embrasse et file à son tour, juste à temps pour attraper son bus.

Je reste en tête à tête avec ma sœurette bien-aimée. Elle tapote toujours sur son engin. Quelle bonne idée ont eu les parents de lui en offrir un à Noël.

Quand elle est rivée à son Smartphone, je bénéficie d'une paix royale.

Merci Facebook.

Le temps de ranger la table du petit-déjeuner, il est déjà l'heure.

Muni du nouveau jeu de clés que m'a confié Albert, je referme soigneusement la porte sur notre petit monde. Une étrange famille dans laquelle j'ai tant de mal à trouver ma place.

2 mai 2016

À quand remontent mes premiers souvenirs d'enfance ?

C'est une question que tout le monde s'est un jour posée.

Alors, on cherche dans les brumes du passé, on fouille dans le maelstrom qui enveloppe ces jours où notre conscience s'éveille, le big bang de notre existence, et quelques souvenirs remontent à la surface, comme des photos aux couleurs fanées, des bouts de film sépia dont le son grésille.

Au travers du mur qui dissimule mon passé, je perçois comme les bribes d'une vie perdue. Je revois le papier peint de ma chambre d'enfant, je revois des vacances à Royan, je revois grand-mère me préparant du chocolat, parfois aussi, je crois revivre un voyage en avion où, par le hublot, je découvre une mer immense sur laquelle le soleil jette des éclats lumineux.

Seulement voilà... Je n'ai connu aucune de mes grands-mères, toutes deux mortes avant ma naissance ; en aucune circonstance, nous n'avons mis les pieds à Royan et, enfin, jamais nous ne sommes partis en avion.

Ces souvenirs ne sont pas les miens.

Autre chose troublante : les connaissances exceptionnelles que je m'efforce de dissimuler. Je lis couramment plusieurs langues étrangères ; je les écris aussi, du moins l'anglais et l'allemand. L'informatique a peu de secrets pour moi, de même que les sciences, les mathématiques et les arcanes de la bourse.

Problème : ces connaissances, je ne les ai pas acquises, même si je m'applique à les enrichir. Ces connaissances, aussi loin que je m'en souvienne, elles étaient là, simplement en attente d'être sollicitées. J'ai toujours su lire, j'ai depuis toujours maîtrisé ces langues étrangères que j'enrage de ne pas pouvoir pratiquer.

Je ne comprends pas.

À qui sont ces souvenirs de plage et de voyages ? Qui sont ces gens si familiers que j'entrevois parfois dans mes rêves ? Qui est cette dame inconnue qui parfois me sourit depuis les tréfonds du passé.

Plus j'y réfléchis, plus m'apparaît clairement cette terrible vérité.

Je suis un autre.

9 mai 2016

Albert nous attend à la maison, tournant en rond dans le salon. Ce n'est pas dans ses habitudes de rentrer si tôt. Quand je m'en inquiète, il tourne vers moi une figure de chien battu.

— Mauvaise nouvelle, les enfants, je suis viré !

— Mais pourquoi donc ?

Il se ronge nerveusement l'ongle du pouce, cherche ses mots.

— Une histoire de concurrence, de récession, de compression budgétaire. Des choses que vous ne pouvez pas comprendre.

Des choses sans doute que le pauvre Albert ne comprend pas bien non plus.

— Qu'est-ce que j'ai fait pour mériter ça ? On est dans la merde, putain !

Quelques minutes plus tard, Alice rentre à son tour et il lui fait part de ses déboires.

— ... Mais ne t'inquiète pas, ajoute-t-il avec un triste sourire, je trouverai autre chose.

Il dit cela, mais je garde pour ma part un mauvais souvenir du dernier épisode au cours duquel il avait traîné à la maison pendant des mois. Pas de diplôme, un nom magrébin, un domicile en banlieue. Pas facile dans ces conditions de décrocher un job.

Je fais dans ma tête un rapide calcul : Salaire Alice + Indemnités + Allocs - le loyer - Eau-Gaz-Électricité - les courses - la voiture - l'orthodontiste de Charlotte... on est dans le rouge ! On va encore tirer le diable par la queue, ou plus exactement bouffer des pâtes et de la purée mousseline.

Je dois trouver une solution.

Quand je monte me coucher, mes tuteurs sont en pleine discussion. Ils comptent et recomptent ; ils finiront par arriver à la même conclusion : les entreprises Kader-Duchemin foncent tout droit vers le défaut de trésorerie.

Je ressasse et cogite une partie de la soirée.

Je ne peux pas laisser cette petite famille dans la panade ; mais que faire ?

J'ai bien une petite fortune en bitcoins, mais elle est difficilement négociable. J'ai également ma boîte dans le Delaware et depuis mon dernier coup en bourse, elle croule sous les actifs. Tout cela est bien beau, mais je ne peux quand même pas envoyer à Albert un chèque d'une société d'outre-Atlantique en prétextant qu'un donateur anonyme s'est ému de son sort ! Non, je dois la jouer plus fine. Une fois la maison endormie, je descends à pas de loup et je récupère la lettre de licenciement toute chiffonnée sous le buffet de la salle à manger.

C'est là que dans un geste de colère, Albert l'a jetée.

Je la lis rapidement. C'est le truc classique. Des formules toutes faites.

« Considérant la conjoncture économique difficile... blabla... malgré vos bons et loyaux services... blabla... Nous avons le regret de vous informer blabla... »

Et c'est signé Jean-Claude Bouvier. Directeur financier Serco.

Serco. C'est le nom qu'Albert avait sur son uniforme.

L'ordinateur s'éveille et je commence mes recherches. La Serco est une petite boîte de vingt-cinq salariés, spécialisée dans la sécurité et le gardiennage. J'épluche tout. Les bilans depuis cinq ans, les coupures de presse, la liste des références clients. Ils sont effectivement dans la merde, au bord du dépôt de bilan. Le créneau pourtant n'est pas mauvais, cela devrait marcher mieux.

Peu à peu, une idée sournoise germe dans mon esprit.

10 mai 2016

Ce matin, j'ai odieusement simulé une vilaine fièvre. Le thermomètre posé quelques secondes sur le radiateur a fait l'affaire.

Alice qui s'inquiète toujours pour ma santé parle d'appeler ce soir le médecin si cela ne va pas mieux. 39,5… quand même !

Albert, lui, part s'inscrire à Pôle Emploi. Depuis que des petits crétins ont fait brûler l'antenne locale, il faut se taper un bus et le RER. En comptant la file, le pauvre en a pour la matinée.

Dès qu'Alice claque la porte, non sans m'avoir prodigué moult recommandations, je me mets au boulot.

Pendant des heures je m'active. Se succèdent manigances, emails, courriers d'avocats, instructions diverses à mes correspondants. Dur, dur. Mais je suis dans mon élément. À dire vrai, je prends mon pied. Et pour cette fois, c'est pour une bonne cause ! Pas vraiment altruiste, puisque j'en serai un des bénéficiaires indirects. Toute cette agitation, en outre, me distrait de mes préoccupations sur mon passé et mon existence décalée.

Mais il est déjà midi. Alice et Charlotte seront bientôt de retour. Prudemment, je me replie vers ma chambre et mon lit. C'est là qu'est censé gésir le malade que je suis. Pour tout dire, c'est certainement l'endroit de la maison dans lequel je me sens le mieux. Il y a peu, cette pièce était encore décorée avec une niaiserie affligeante. Comme le sont en fait les chambres d'enfant. Un papier peint où gambadent des petits bonshommes de Disney, un porte-manteau avec des nounours, des rideaux assortis au papier peint, mais cette fois avec des petites voitures aux grands yeux et au sourire étincelant.

Cet étalage de nigauderie m'écœurait, et pourtant je le supportais, pensant que ce décor était celui qui convenait à mon personnage de garçonnet.

Un jour je n'y tins plus et implorai Albert de m'autoriser à revoir la déco.

– Mais bien sûr, mon grand, tu veux quoi ? Les Transformers, les Minions ?

Il a tiré une drôle de tête. Les murs de ma chambre sont maintenant recouverts d'un papier neutre couleur crème, les rideaux sont marron et mon couvre-couette de la même couleur.

Seule décoration, des photos de voiliers. Je ne pouvais quand même pas y afficher les cours de bourse ou une vue de Wall Street. Ces images de vaisseaux aux voiles gonflées par le vent me fascinent. J'imagine les embruns, ces vagues qui éclatent sous la proue. Je ne sais pourquoi, mais j'adore la mer, l'océan et je rêve de le voir, ou de le revoir un jour.

12 mai 2016

Albert vient de passer une heure au téléphone avec son ex-collègue Moussa. Une interminable conversation ponctuée de « ha » et de « ho ». Interrompus par ce coup de fil en plein repas, nous avions tous posé couteaux et fourchettes pour écouter Albert qui gesticulait le portable à l'oreille.

Quand l'appel prend fin, il pose son Smartphone et nous regarde circonspect.

– C'est incroyable ! Il paraît que ma boîte... je veux dire mon ex-boîte, a été rachetée par une sorte de fonds d'investissement américain.

– C'est dingue, commente Alice.

– Il paraît aussi que Bouvier est viré.

– C'est cool, commente Charlotte.

– Même que maintenant, c'est les Amerloques qui prennent tout en main. Ils vont nommer un nouveau directeur.

– Le pompon, ce serait qu'il te réengage ! concluais-je.

– Tu crois ?

Et sans répondre, je prends un air détaché et termine ma crème au chocolat.

13 mai 2016

Le pompon, c'est pour aujourd'hui.

Le facteur vient de passer.

Alice a déjà filé, guillerette, et nous allons partir pour l'école. J'observe du coin de l'œil le paternel qui dépouille son courrier. Une lettre a attiré son attention. Il en déchire le rabat, la lit, la relit, puis lève les yeux au ciel et lance une imprécation en arabe. Un sourire se dessine lentement sur ses lèvres.

– Vous savez quoi les enfants ? Je crois que je vais retourner chez Serco.

– Mais non, rétorque Charlotte, ils t'ont viré.

Cérémonieusement, il entame la lecture de sa lettre.

– « Considérant vos bons et loyaux services et prenant en compte les instructions de nos nouveaux actionnaires, nous avons pris la décision de vous réintégrer dans vos anciennes fonctions avec l'ancienneté et les avantages qui y sont associés. Veuillez donc considérer comme nulle et non avenue notre lettre du... et patati et patata. » « Nulle et non avenue », ça veut bien dire que je ne suis plus viré non ?

– Euh... ben Ouaips... c'est cool !

Je compose pour ma part une expression subtile, combinant la surprise et l'innocence la plus ingénue.

— Alors, tu retournes travailler ?

— Ben oui, fissa. Faut que je vous laisse. Je suis déjà en retard.

Il enfile son blouson et, tout ragaillardi, quitte la maison.

Tandis que nous partons nous-mêmes, je vois au loin Albert passer le coin en courant pour attraper son bus.

Comment peut-on être si dur avec des gens qui affichent une telle bonne volonté ? Je ne regrette pas d'avoir vidé mes comptes pour racheter la Serco ; je regrette encore moins d'avoir viré ce Jean-Claude Bouvier qui tentait de compenser son incompétence en dégraissant le personnel.

Il fait gris, le soleil ne parvient pas à dissoudre le nuage de particules fines qui flotte sur le quartier.

C'est pourtant une belle journée et je pars affronter l'école avec pour une fois un soupçon d'enthousiasme.

30 mai 2016

Nous sommes lundi et je suis de retour à la maison plus tôt que de coutume. Notre heure « initiation et découverte proactive de la nature » a été annulée. L'animateur en charge de cette activité s'est fait piquer par les abeilles des ruches qu'il a installées sur le toit de son immeuble. Je me retrouve donc seul à la maison, étendu dans le divan face à la télé.

Il faut dire que je n'ai pas trop le moral. Tout est rentré dans l'ordre pour Albert et mes soucis sont de retour. Ces images confuses d'une autre vie me travaillent.

Ces gens, cette maison à Royan. Quand y ai-je vécu ? D'ailleurs pourquoi Royan ? Le nom de cette ville m'était venu comme cela. J'y vois une villa, entourée d'un jardin, un peu exigu, mais joliment fleuri. Des gens au visage flouté vont et viennent. Une grande dame brune, un petit bonhomme...

Qui suis-je ? J'aimerais tant que ces brumes se déchirent. Quelque part, quelqu'un doit savoir. Alors, pourquoi pas dans cette ville, puisqu'il semble qu'il fut un temps où j'y étais ? J'ai sans doute eu une famille, des amis, dont certains peut-être ne m'ont pas oublié. Il y a tout au fond de moi comme un feu qui brûle ; le désir de les retrouver, d'achever là-bas quelque chose que je n'ai pas terminé.

Les infos et les indices boursiers défilent sous l'écran de CNN, mais aujourd'hui, ils m'indiffèrent. Je m'efforce de faire revivre un monde oublié peuplé de fantômes, un monde qui paraît si réel.

Je m'assoupis et les images affluent. Cette fois c'est un immeuble de bureau, une façade de pierre sur un grand boulevard parisien. Une jolie fille me sourit à la réception. C'est Tanja. Tanja Guichard. Je regarde autour de moi. Le décor est simple, aéré, lumineux. Du marbre, un tableau impressionniste aux couleurs pastel. J'emprunte le large escalier et pénètre dans un grand bureau dont les fenêtres donnent sur la rue. Une moquette marron, des tentures assorties et un papier peint couleur crème. Au mur, des photos de voiliers.

Je m'assieds derrière le bureau, une large plaque de verre presque vide. Un écran noir, un bloc de feuilles, un stylo. Le fauteuil crisse sous mon poids. Je suis bien. Il y a un nom écrit en lettres d'or sur le bloc de feuilles. Je me penche pour le lire...

– Mais qu'est-ce que tu fous là ?

Je sursaute.

Charlotte est devant moi, les mains sur les hanches. Et elle chique la bouche ouverte.

– Je... Je m'étais endormi.

– Devant CNN ? T'es vraiment ouf, toi ! Et ton cours à la con sur l'environnement ? Les petites bêtes et tout ça ?

– Annulé. Le prof est malade.

– Alors, tu rentres à la maison regarder des trucs débiles ? Ça ne te viendrait pas à l'idée d'aller faire du skate, du foot, des conneries avec des mecs de ton âge ?

Je ne réponds pas et je zappe sur Disney Channel.

Pas facile d'avoir l'air d'un gosse normal !

3 juin 2016

Aujourd'hui, on a fêté mes sept ans. C'est désolant ; je m'en donne vingt de plus.

J'avais invité Jonathan, finalement mon seul copain digne de ce nom. On ne se refait pas : il m'a offert un livre sur le système solaire. Je reconnais ne pas être spécialiste en la matière. Un peu de lecture instructive ne me fera pas de mal. Charlotte, pour sa part, y a mis du sien et de sa poche. Elle m'a acheté une BD de Titeuf. Je lui pardonne pour quelques heures ce qu'elle me fait endurer en temps normal.

Quant à Alice et Albert, ils ont réussi à me surprendre. Sous leurs yeux inquiets, j'ai déballé une superbe maquette de voilier (pour être exact, il s'agit d'une goélette, bien reconnaissable à son grand mât et son mât de misaine).

Je suis touché. Je sais que je laisse ces parents quelque peu désemparés devant ma déroutante personnalité. Ils font ce qu'ils peuvent pour satisfaire les centres d'intérêt qui devraient être ceux d'un enfant de mon âge. Et devant leur insuccès manifeste, ils finissent par oser l'improbable, parfois en mettant dans le mille, comme ici avec ce voilier. Je les embrasse et m'efforce de leur offrir à tous pour quelques heures mon plus beau sourire.

Cette journée me laisse pourtant un goût amer, car elle me montre à quel point je ne suis pas à ma place. Pas ici, pas à cet âge, pas dans cette vie.

Toutes mes tentatives pour me fondre dans le moule sont vaines, comme le sont tous les efforts que fait mon entourage pour m'appréhender.

Qui suis-je ?

6 juin 2016

J e dois le reconnaître, mon anniversaire avait réussi à me désennuyer. Hélas, il n'aura pas fallu longtemps pour qu'après ces heures plutôt divertissantes, tout revienne à la normale. Ce fut le cas de cette journée qui se termine et que j'ai regardé passer avec indifférence. Je m'étais éveillé avec le bruit entêtant des engins du chantier voisin. On nous reconstruit la barre d'immeuble d'à côté. En plus joli. La mairie l'a promis.

Tandis que je sirotais mon lait chocolaté, j'ai écouté bien malgré moi Charlotte qui nous débitait ses habituelles inepties. Elle nous bassine avec son exposé qu'elle prépare depuis quinze jours à coups de copier-coller d'Internet : l'Égypte des pharaons ! Ce sera grandiose... j'imagine sans peine.

– Parce que tu vois, Victor, les Égyptiens, ils faisaient des momies avec leurs pharaons et les enterraient dans des pyramides ; ce sont des choses que tu apprendras dans les grandes classes et que je...

Et gnagnagni et gnagnagna...

Comment fais-je donc pour la supporter ?

À mon avis, Charlotte est une fille qui manque de confiance en elle. Elle porte des lunettes, elle a des dents de lapin, une voix suraiguë et elle se trouve moche. En plus, ses résultats scolaires sont à peine passables. Je suis certain qu'en classe, elle ne pipe pas mot. Alors, elle se remonte le moral à la maison en jouant les coachs avec un plus petit. Je la comprends un peu. N'empêche, à la longue, ça use. Surtout dans mon cas.

Sur le trajet qui mène à l'école, j'ai marché quelques mètres devant elle. Il fait plutôt beau, mais pas trop. Tant mieux, l'ozone me pique à la gorge. En passant, j'ai salué au passage Güney et mon libraire, puis dans la cour j'ai tapé dans la main de Jonathan et de quelques autres. Je sociabilise comme je peux.

La sonnerie a retenti et je suis reparti pour une journée de somnolence.

Momo nous explique la différence entre un carré, un rectangle et un cube. J'ai bien fait de venir ; c'est tout un mystère qui s'éclaircit enfin ! Il s'y reprend à trois fois, pour les crétins ou pour ceux qui avaient mieux à faire que de l'écouter.

Pour le reste de la journée, RAS. La routine.

Le soir nous mangeons en silence devant la télé. Même Charlotte se tait. Il faut dire qu'aujourd'hui c'était lundi, et le lundi c'est dur pour tout le monde.

À peine le générique de fin du polar s'affiche-t-il à l'écran que je salue la compagnie et monte me coucher, évitant ainsi la cohue dans la salle de bains.

Je suis fatigué et pourtant je sais que je n'arriverai pas à m'endormir. Cette histoire de Royan me trotte dans la tête. Je pensais d'ailleurs un moment redescendre poursuivre mes recherches, puis j'ai renoncé.

Ne devrais-je pas en rester là ? Tout arrêter tant qu'il en est encore temps. J'ai l'impression avec tout cela de me jeter dans un précipice. Ma vie d'aujourd'hui ne va-t-elle pas se vider de son sens, pour peu qu'elle en ait encore un ? Ne vais-je pas me retrouver perdu dans une existence qui n'est pas la mienne. J'imagine les visages d'Alice, de Charlotte, d'Albert ou de Momo se dissolvant lentement dans le brouillard, ma banlieue qui s'éteint, mon monde qui s'évapore, alors que d'autres visages, d'autres lieux, une autre vie m'apparaissent au loin.

Mais il y a quelque chose de fascinant au bout de ce tunnel ; quelque chose de bien trop attirant pour être ignoré.

Et puis merde. Laissez-moi encore rêver que je suis quelqu'un de presque normal. Un jour encore, deux ou trois, pendant lesquels je m'efforcerai de croire que tout peut continuer comme avant.

Puis, comme un homme pris de vertige et attiré par le vide, je plongerai dans cet ailleurs.

Oui, je le sais. C'est inéluctable.

9 juin 2016

Cette nuit, j'ai repris mes activités favorites sur le Net, mais avec moins d'entrain que de coutume. Entre deux cours de Bourse, je file sur Google Street View où je m'égare dans les rues de Royan à la recherche d'un indice, d'une image, d'un flash.

Je ne dois pas chercher longtemps. Très vite, certaines rues me semblent familières. Il y a en particulier cette longue allée, l'avenue Émile Zola, dont je n'arrive pas à me détacher. Elle s'étire à quelques centaines de mètres du centre-ville, non loin de la plage. Je me mets à scruter les maisons. Peu de bâtiments modernes, des villas qui pour la plupart doivent dater d'un siècle, une époque où chacune de ces demeures avait encore une personnalité, un charme, une histoire. Elles ont survécu aux guerres, aux tempêtes, des générations heureuses s'y sont succédé. Et moi, je le sais, dans l'une d'entre elles, j'ai vécu, comblé de bonheur.

Mais dans laquelle exactement ? Je passe d'une photo à l'autre, sans succès. Toutes m'intriguent, pourtant ces clichés sont plats, sans vie et je me rends compte que je devrais être sur place. Sans doute serait-ce le seul moyen de faire revivre mon existence oubliée, de retrouver mes marques dans cet univers dont j'ai été banni par quelque sortilège. Cette visite virtuelle me le prouve une fois encore... mon passé n'est pas mort. Son empreinte est en moi, comme une blessure.

Je dois aller à Royan. Là est la clé de l'énigme.

Oui, mais. Il m'est impossible de m'y rendre seul et mes parents ne sont pas du genre à partir en excursion sur un coup de tête, encore moins aussi loin.

Avec eux, je dois me montrer chanceux d'avoir pu revoir la tour Eiffel et, dernièrement, Versailles. Encore cela fut-il une véritable expédition. Alice a été prise du mal des voyages, Charlotte a ronchonné tout le trajet et Albert, pourtant nanti d'un GPS, a tourné en rond pendant une heure avant d'enfin nous mener à bon port.

Cela dit, pour en revenir à Royan, n'étant jamais à court d'idées, je suis certain que je finirai par trouver un moyen. Et pas plus tard qu'aujourd'hui.

11 juin 2016

Nous sommes samedi. Ce matin, Albert a reçu un de ces mails débiles vous annonçant que vous avez gagné 100 millions de dollars, un voyage sur la Lune, ou le droit de venir en aide à une pauvre orpheline éthiopienne dont le papa milliardaire vient de mourir d'un cancer.

Et ce brave Albert dans sa grande naïveté a fait ce qu'il ne faut jamais faire : il a cliqué sur le lien qui était inclus dans le mail.

Incroyable, ce veinard a vraiment gagné quelque chose ! Et devinez quoi... une location de deux semaines dans un appartement de haut standing à Royan. Ce cadeau inespéré est celui d'une société du Delaware qui entend ainsi se faire connaître et apprécier du grand public. C'est fou ce que le hasard fait bien les choses. Méfiant, il passe un coup de fil à l'agence qui est mentionnée dans le mail. Mais non, ce n'est pas une blague, cet appartement nous attend. Ce sera pour le 2 juillet. Pile-poil à la date à laquelle les parents avaient planifié leurs congés.

En apprenant la nouvelle, toute la famille saute de joie, moi compris. Mes talents d'acteur m'épatent à un point tel que je devrais envisager de faire carrière.

Il faut dire qu'indépendamment de mes petits projets personnels, ces vacances viennent à point. La famille n'a plus pris de pause depuis trois ans. Entre le boulot d'Albert et ses permanences, celui d'Alice et ses horaires débiles, puis les problèmes d'argent, il reste peu de place pour le ballon de plage ou le ski.

Cependant, la location c'est dans trois semaines. Je vais devoir ronger mon frein et surtout me farcir la fin d'année scolaire et la cérémonie de la remise du bulletin. Moment de gloire ineffable, marche de ce grand escalier qui conduit de la bêtise à la connaissance et confrontation entre nos parents et les dispensateurs du savoir.

30 juin 2016

Le jour fatidique du jugement dernier est arrivé. Albert, Alice et moi, nous sommes là, attendant notre tour, assis dans le couloir, comme des punis. Les murs intérieurs de l'école ont été peints en jaune, pour en rendre l'atmosphère plus agréable ; c'est du moins ce que je suppose. Mais ce couloir que je parcours tous les jours reste pour moi fort triste, pour ne pas dire sinistre. Et puis il y a cette odeur entêtante d'eau de javel qui me pique les yeux.

Je m'agite nerveusement sur ma chaise. Qu'on en finisse. À la différence des autres élèves, si je stresse, ce n'est pas à la perspective que mes géniteurs découvrent à quel point je déçois leurs folles espérances ; bien au contraire, j'appréhende que soient dévoilées à la vue de tous mes exceptionnelles capacités, mettant ainsi une fin prématurée à mon double jeu.

Momo est en retard. Pour tuer le temps, Alice joue à un jeu de lettres sur son Smartphone, tandis qu'Albert s'agite nerveusement sur sa chaise.

Avant nous, il y a les parents de Babacar. Ça chauffe là-dedans, ça crie, ça hurle. Momo n'en mène pas large. Babacar et son père sortent en claquant la porte. C'est à nous de faire notre entrée. Nous trouvons l'instit en nage, accroché à son bureau, un visage couleur rose fuchsia. Nous apercevant, il tente de retrouver une contenance et se lève pour nous accueillir.

Je lis dans ses pensées.

« Le plus dur est passé ; ceux-là ne peuvent pas être pires que les précédents. »

— Bonjour Madame Kader, bonjour Monsieur Kader.

Momo leur tend une main chaleureuse, puis m'ébouriffe les cheveux... j'ai horreur de ça.

— ... Ainsi donc vous êtes les parents de notre petit Victor.

Non, non... ce monsieur et cette dame ce sont des gens que j'ai croisés dans la rue.

— ... Un sacré numéro Victor ! Je ne sais trop quoi vous dire.

Alors, ne dites rien, c'est plus sûr.

— Ses résultats sont très moyens (il remonte ses lunettes et regarde le plafond. Il va dire un truc profond)... et pourtant, je pense qu'il peut faire beaucoup mieux.

Ben oui, le petit million de dollars que j'ai fait en boursicotant, ça vous irait ?

— Que diriez-vous de quelques cours de soutien pour le motiver ?

Catastrophe !

— C'est cher ? demande Albert.

Momo secoue la tête, rassurant.

– Du tout. Ce serait pris en charge par l'Éducation nationale... Mais nous verrons cela l'année prochaine.

Ouf !

– Je pense par contre que quelques travaux de vacances seraient les bienvenus.

Pitié ! Pas ce truc pour débiles !

– Le cahier numéro 1 de « Vacances joyeuses », par exemple. C'est simple, amusant ; cela éveillerait notre Victor.

– Vous pensez ?

– Qu'est-ce qu'il regarde à la télé, ce petit ?

Alice et Albert se concertent du regard, puis répondent d'une même voix.

– Disney Channel !

Momo positive.

– Pour l'anglais, c'est bien. Mais vous devriez essayer Télé5 ou Arte. Je sens chez Victor certaines lacunes sur le plan culturel. Tenez, par exemple, hier encore, il a été incapable de me donner le nom du président de la République.

Alice ouvre de grands yeux étonnés.

– Allons Victor, tu le connais le nom de ce petit monsieur à la télé ?

Il faudra que je songe à modérer les efforts que je fais pour me fondre dans la masse.

Heureusement, Momo se lève. Fin de l'entretien.

– Allez, je vous raccompagne. Bonnes vacances à tous !

– Oui, intervient Albert. Cette année, nous partons à la mer !

– Ah bon ?

– Oui ! À Royan ! J'ai gagné un concours !

– Alors, profitez en bien ! Surtout toi, mon petit Victor.

Je pressens qu'il va à nouveau m'ébouriffer les cheveux. Mais non, pas cette fois. Décidément, c'est mon jour de chance.

Gentiment, Momo nous pousse vers la sortie.

Il y a la mère à Jimmy qui attend dans le couloir. Elle n'a pas l'air contente.

Momo a repris sa belle couleur rose.

2 juillet 2016 – six heures.

Tôt ce matin, nous nous sommes entassés dans la Clio. Le coffre déborde de bagages et entre Charlotte et moi, on a casé un énorme panier frigo. Sous prétexte qu'elle serait la plus grande, elle prétend occuper plus de place. Je lui ai filé un coup de pied. Geste un peu puéril, suivi de hurlements, mais qui m'a permis de récupérer quelques centimètres de la banquette arrière.

Il est sept heures et nous partons enfin !

Non, stop ! Demi-tour. Alice a oublié son beauty-case. Sans doute sous la table du salon, à moins que ce ne soit à côté du frigo ou dans le couloir. Albert grogne, Charlotte râle, je reste impassible en attendant qu'Alice ne fasse son retour au galop.

Re-départ, et cette fois c'est la bonne. Sans regret, nous quittons notre grise banlieue. Son RER, ses bus pourris et ses barres d'immeubles. À nous l'Atlantique ! Nous nous envolons, comme portés par un vent de liberté.

Hélas, c'est pour nous jeter dans les bouchons du périf, puis de la barrière de péage de Saint-Arnoult. Pourtant, il en faut plus pour entamer notre bonne humeur. D'ailleurs, une fois Chartres passé, la route se dégage un peu et on fonce. Enfin quand je dis « on fonce », c'est à la vitesse que peut se permettre notre Clio surchargée, à la vitesse aussi que s'autorise notre chauffeur. Même dans les descentes et avec le vent dans le dos, on ne dépasse jamais le 120.

Les kilomètres s'égrènent donc lentement sur le compteur. Vers douze heures, nous faisons une courte pause déjeuner en bord d'autoroute. C'est la cohue autour des toilettes et je dois me frayer un chemin parmi les automobilistes pisseurs pour atteindre la cuvette. Puis, nous nous retrouvons sur le parking. Albert pique un roupillon dans la voiture tandis que nous dévorons les sandwichs au poulet que nous a préparés Alice. Mère et fille font la causette. Quant à moi, comme souvent, je m'isole. J'ai trouvé un coin d'ombre un peu à l'écart et, perdu dans mes pensées, je regarde le flot de voitures qui s'écoule vers le sud-ouest. Que vais-je trouver là-bas ? Des amis de jadis ? Une autre famille qui serait la mienne ? N'ai-je pas rêvé tout cela ?

Nous reprenons la route sous un ciel qui s'est un peu couvert. Nous restons cependant optimistes car la météo annonce plusieurs semaines de plein soleil.

Peu à peu, l'horizon s'éclaircit et par la fenêtre ouverte je respire à pleins poumons les parfums d'iode.

— Rentre la tête, idiot ! m'intime Charlotte.

Mais c'est plus fort que moi. Les cheveux au vent, les yeux pleins de lumière, je redécouvre des sensations oubliées. La mer est là, toute proche. C'est bien cette ville, ces couleurs, ces senteurs d'océan que je voulais retrouver.

2 juillet 2016 après-midi

Albert s'est une fois de plus paumé. La douce voix du GPS, à force d'ordres et de contre-ordres, finit par nous tirer d'affaire. C'est presque à l'heure que nous arrivons à l'adresse indiquée.

Une charmante dame nous attend devant un bel immeuble de deux étages. Nous occuperons le rez-de-chaussée. Elle nous fait visiter. On a droit au traitement VIP. C'est moderne, spacieux. Il y a deux salles de bains, dont une avec jacuzzi. Le salon-salle à manger s'ouvre sur une terrasse et un jardin. Au bout d'un couloir, je découvre ma chambre. Elle se décline dans des tons bleus et est décorée de petits coquillages. De ma fenêtre, j'aperçois la mer. Je suis comblé.

Nous déchargeons. Évidemment, Charlotte a disparu dans les toilettes avec son portable et nous laisse tout le boulot. Cela au moins m'épargne ses commentaires.

J'ai pris soin d'oublier dans ma chambre à Cergy le cahier numéro 1 de « Vacances joyeuses ». Les parents sont dans un tel état d'exaltation qu'ils ne songeront même pas à m'en faire le reproche. Par contre, l'ordinateur était du voyage. C'est un compagnon fidèle dont je ne me sépare en aucune circonstance, en particulier pour ces vacances que je compte bien consacrer à ma recherche d'identité. Je l'installe confortablement dans la pièce de séjour.

Tout est rangé quand Charlotte surgit toute pimpante du cabinet d'aisances.

– On va faire un tour ?

Bien sûr. Je n'attendais que cela.

Nous partons donc nous promener et pour fêter ces vacances qui commencent, nous nous installons à la terrasse d'une crêperie. On y a vue sur le port de plaisance et les mâts des bateaux se balancent doucement comme pour nous saluer. Charlotte râle parce qu'elle n'a pas réussi à obtenir une version sans gluten de la crêpe Nutella. Elle la mange néanmoins tout en nous prédisant les conséquences les plus dommageables pour sa flore intestinale.

De mon côté, je grignote distraitement ma galette au sarrasin. J'observe les bateaux qui quittent la rade, les touristes qui déambulent. Me perdre dans les rues de la ville me démange vraiment. Mais il me faut patienter, ces retrouvailles n'en seront que plus belles.

Demain est le grand jour. Celui où tout va vraiment commencer.

3 juillet 2016 au matin

Enfin seul. La journée a commencé par un solide petit-déjeuner. Puis, j'ai filé, abandonnant mes parents et Charlotte à leurs discussions : plage ou excursion ? Shopping ou bronzage ? J'ai promis d'être de retour pour le déjeuner. Alice et Albert connaissent mes velléités d'indépendance. Je reviens toujours à l'heure et entier. Ils ne s'inquiètent plus pour moi.

Mais en ce qui me concerne, je ne pense qu'à une chose, redécouvrir la ville.

J'avance comme dans un rêve. Qu'est-ce qui peut faire qu'on soit à ce point attaché à une ville ? Qu'on y soit attaché jusqu'à en tomber amoureux ? Est-ce dans mon cas parce que cette belle cité de Royan recèle plein d'endroits où le temps semble s'être arrêté ? À moins que ce ne soit son ciel immense qui se perd dans la mer ? Cette impression qu'elle me laisse d'être une porte ouverte sur l'océan ? Ou est-ce la lente et régulière succession des saisons, avec son été qui s'éternise ? Les villas et les boutiques qui s'endorment pour l'hiver, abandonnant à nos flâneries les rues du bord de mer et les plages désertes. Ou est-ce encore ce parfum d'iode, ce sable que le vent vient jeter sous mes pas lorsque je longe le port.

Je ne sais dire, mais oui, j'aime cette ville. Et je l'ai toujours aimée.

Inévitablement, ma promenade me conduit vers l'avenue Émile Zola. Je l'avais déjà repérée sur Google. C'est une longue artère qui mène au front de mer. Y font face des immeubles modernes et de magnifiques villas. Ces anciennes demeures dont les façades alternent brique et pierre sont souvent décorées de balcons, ou de petites tourelles. Elles dégagent quelque chose d'intemporel, une sérénité, un bien-être. Je tombe en arrêt devant l'une d'entre elles. Elle est particulièrement jolie et elle m'attire inexplicablement. Je résiste à la tentation de m'en approcher plus encore, d'ouvrir la barrière de bois, de m'avancer dans l'allée. Oui, c'est elle.

Ma maison.

Mon chez-moi.

Le nom apposé sur une plaque de cuivre disparaît sous les glycines, mais je le devine.

« La villa des Hirondelles »

Et je me souviens.

2006 : 6 septembre

Chéri ? Je mets ça où ?

Aïssa porte une grande boîte en carton débordante de livres et de revues.

– Laisse ça dans le bureau ; je trierai demain.

Je suis agenouillé, la tête dans le buffet de la salle à manger.

Les caisses que les déménageurs nous ont laissées encombrent le hall d'entrée. C'est ce matin que nous avons quitté notre appartement de la banlieue parisienne, un soixante mètres carrés étriqué et mal foutu. Nos affaires rentreront sans peine dans notre nouveau foyer.

Nous cherchions en province, pas trop loin de Paris, mais c'est sur cette villa que nous avons flashé. Elle avait été découverte par hasard sur le site d'une agence immobilière royannaise.

C'était la maison de vacances des Martin, un vieux couple de Parisiens qui n'avaient plus les moyens de l'entretenir et avaient urgemment besoin d'argent. Pour nous, une affaire en or.

Il y aurait beaucoup de travaux, mais avec son toit de tuiles rouges, ses colombages, ce petit jardin à l'anglaise, elle avait un charme fou. Évidemment, pour mon boulot, c'était loin d'être idéal ; je ferais le trajet une fois ou deux dans la semaine et passerais de temps à autre une nuit en ville.

Aïssa qui a des goûts assez personnels en matière de décoration a revu de fond en comble l'intérieur de cette maison. Tout y est passé, des murs aux plafonds et de la cave au grenier. Avant de nous installer, nous avons trimé des mois dans le plâtre et la peinture. Même si les lieux sont maintenant méconnaissables, tout n'a pas disparu avec les anciens propriétaires : nous avons conservé Ahmed, leur jardinier et homme à tout faire. Les Martin nous avaient bien fait comprendre que cela faisait partie du deal. Ce monsieur nous a d'ailleurs aidés comme il pouvait dans tous ces bouleversements.

Mais tout cela est fini et cette fois-ci, nous y sommes enfin.

Alors que le soir tombe, nous nous installons dans la véranda, la seule pièce plus ou moins en ordre de la villa. Affalés dans les fauteuils en osier, nous profitons de la tiédeur et du silence de la nuit. L'électricité a sauté. Ahmed avait promis de nous réparer ça pour ce soir. C'est raté, mais on s'en fiche ; va pour une soirée romantique à la bougie. Sa flamme oscille doucement sous nos yeux. Nous sommes épuisés par cette journée, pourtant nous nous sentons si bien.

Cette maison a une âme ; je sais que nous allons y être heureux, Aïssa et moi... et peut-être un jour y aurons-nous des enfants.

3 juillet 2016 – au matin.

Je suis tout à coup distrait dans ma contemplation de la Villa des Hirondelles. Une petite vieille vient de quitter l'immeuble devant lequel je me trouve. Elle récupère sur le trottoir une énorme poubelle sur roues, quand subitement elle m'aperçoit.

– Qu'est-ce que tu fais là, mon grand ?

Une brave dame, sans doute affiliée au « Voisins vigilants ».

– Rien. Je regardais cette maison.

– Ben oui, c'est ce que je vois.

– Vous savez qui y habite ?

– Une jeune dame, je pense. Avant il y avait une famille.

– Plus maintenant ?

– Je ne sais pas trop. Il y a eu un malheur, il y a quelques années.

Elle fronce alors le sourcil et se reprend.

– ... Non mais dis donc, t'es pas curieux pour deux sous, toi ! Allez, file !

La petite vieille repart avec sa poubelle. Moi je poursuis mon chemin. Je vais passer juste devant la villa, tentant au passage d'apercevoir quelque chose. Peut-être une trace de vie.

Mais un garçon vient de sortir du jardin. Il porte une casquette et une serviette de bain enroulée sous le bras. Sans doute se rend-il à la plage. Il passe près de moi. Il hésite un instant, puis s'arrête à ma hauteur.

– Salut !

Ce garçon doit avoir deux ou trois ans de plus que moi. Il a quelque chose de familier. Son allure, les traits de son visage peut-être.

– Salut !

Il me tend la main en souriant. Un geste étrangement adulte.

– Je m'appelle Bill.

J'ai un sursaut. Bon Dieu, je le reconnais. Tout se bouscule dans ma tête. Quelque chose vient subitement d'émerger. C'est comme un mur qui s'effondre, une muraille qui s'écroule et brusquement se dévoile devant moi cette vision : une famille. Moi, avec une femme et un gosse. Je nous revois assis sur la terrasse, c'est déjà l'été. Le jardin est en fleur. Il y a cette belle dame brune étendue dans un transat et, protégé sous le parasol, un bébé souriant, assis sur une couverture.

C'est lui. Bill.

Sidérant... Voici ce fils que j'ai laissé alors qu'il n'avait pas un an. C'était un petit bonhomme qui ne marchait pas encore. D'autres images me reviennent. Il tournait debout dans son parc en s'accrochant aux barreaux et quand on le déposait sur le tapis du living, il filait à quatre pattes. Le matin, il babillait dans son lit et se mettait à rire lorsqu'il m'apercevait. Évidemment, il a terriblement changé, pourtant je retrouve ses yeux noisette et sa bonne bouille un peu ronde.

J'essaye de cacher mon émotion et je lui serre la main maladroitement.

– Moi, c'est Victor.

Gauchement, je tente de reprendre contenance.

– ... T'as une chouette maison.

Il se retourne.

– Oui, elle est jolie. Et surtout elle est grande. J'y ai une super chambre !

Puis il me regarde en inclinant la tête.

– T'es nouveau dans le coin ?

Pas vraiment, mais comment lui expliquer ? Tout cela et si déconcertant.

– Je suis en vacances, seulement quelques semaines... Malheureusement, je ne connais rien ni personne ici, alors je m'embête un peu.

Il hausse les épaules.

– C'est idiot. Moi j'habite ici toute l'année et je ne m'embête pas. Allons, viens, je vais te montrer la plage.

Il me prend au dépourvu. Je pensais observer, guetter, enquêter, m'approcher subrepticement de mon monde d'avant, me réapproprier mon histoire par petites touches, mais m'y voici plongé sans ménagement.

Pourtant, je ne peux pas laisser passer cette occasion. Et je ne veux surtout pas voir s'éloigner ce garçon, lui qui est la preuve vivante que je n'ai pas rêvé. Un fil, ou plutôt un fils, qui me rattache à mon passé.

– Génial. Super idée !

Il me tape sur l'épaule.

– Alors, on y va !

Oui, allons-y, Bill, et surtout, parle-moi ; tu as tant de choses à m'apprendre.

3 juillet 2016 après-midi

Ce matin, Bill m'a fait redécouvrir la plage, puis le port. Un vrai plaisir. Je ne peux m'empêcher de trouver ce garçon sympa et intéressant. Quelle différence avec les gosses que je fréquente dans mon quartier ! Mais je ne suis sans doute pas tout à fait objectif.

Le courant passe entre nous, car d'un commun accord, nous avons décidé de nous revoir en début d'après-midi. À l'heure convenue, je retrouve donc Bill à la capitainerie du port.

À nouveau, il me prend de court.

– T'aimes les jeux vidéo ?

– Euh... oui !

– T'es fort ?

– Je me défends.

– Alors, viens chez moi, on va se faire une ou deux parties.

Voilà que Bill m'emmène vers la villa. Décidément, tout se précipite. Moi qui espérais m'immerger doucement dans mon passé, j'en suis pour mes frais. Nous remontons l'avenue Émile Zola jusqu'à la maison. Nous passons la barrière du jardin, une barrière que j'ai mille fois ouverte et refermée. Puis, nous montons les marches du perron.

Il ouvre la porte.

Je ne peux décrire l'émotion qui me saisit. J'en tremble. L'impression d'être de retour après un long voyage. Cette villa, sa lumière, son parfum, ses espaces... tout m'est familier. Je reste paralysé. Je suis ici chez moi. Cette maison est la mienne. Je dois me retenir pour ne pas me diriger vers la cuisine qui est au bout du couloir, me retenir pour ne pas crier :

« Salut tout le monde, c'est moi, je suis rentré ! »

– Alors, me lance Bill du haut de l'escalier, tu rêves ? Viens donc !

Je le rejoins sur le palier du premier.

– Là, c'est ma chambre !

Évidemment, c'est ta chambre ; c'est même moi qui l'ai décorée.

Mais le lit pour bébé a été remplacé par un grand lit bateau d'une personne. Les murs que j'avais garnis d'un joli papier rose fleuri sont envahis par des photos et des posters du plus mauvais goût.

– C'est cool, hein ?

– Euh oui, c'est cool !

– Alors, on la fait cette partie de Play Station ?

Il me tend une sorte de manette de jeu que je n'ai jamais vue. Je ne connais pas ce modèle.

– C'est quoi comme manette ? Une sorte de Dual-Shock ?

– C'est un nouveau truc qui va faire un tabac. C'est pas encore sorti, c'est en Beta Test.

– Comment t'as eu ça ?

– Jean-Louis me l'a offerte. Il l'a eu par son travail.

– C'est qui Jean-Louis ?

Jean-Louis... un prénom et une image émergent lentement de la mémoire. Un type légèrement enveloppé, blond, bavard. Jean-Louis Saunier.

– C'était un collègue de mon père. Alors, on y va ?

Je n'ai jamais joué avec ce truc, mais je suis à l'aise. Mieux. Je casse la baraque.

Bill essaye de m'expliquer comment faire. Je l'écoute poliment, mais dès la première partie, je l'écrabouille.

Deuxième partie, idem.

Bon... père indigne... C'est pas comme cela qu'on se fait des amis.

Troisième partie, je le laisse gagner.

– Waow, t'es fort, Bill !

Il jubile, le fiston, puis il concède.

– Toi, t'es pas mal non plus.

Mais l'heure a tourné. Je vais me faire tuer.

– Je dois filer.

– Tu reviens demain ?

Compte dessus que je reviens demain.

Je quitte la villa à regret, puis galope dans les rues de Royan, le cœur léger. Je déboule dans l'appart. Tout le monde est à table.

– T'étais où, Victor ?

– Chez un copain.

Charlotte ouvre de grands yeux.

– Il s'est fait un copain ! Pas possible ! ...Sûrement un autre débile.

Je suis trop heureux que pour me lancer dans une nouvelle dispute. Je ne réponds pas, mais lui tire la langue avec élégance.

4 juillet 2016 – début d'après-midi

Nous avons passé une partie de la matinée à la plage. Vers onze heures, le soleil s'est montré à ce point généreux que nous avons dû nous replier vers l'appartement. Notre imprévoyance est impardonnable. Il faudra songer à mieux nous équiper.

Le déjeuner se passe dans une ambiance agréable. C'est Albert qui est aux fourneaux et il se débrouille plutôt bien. Avocat aux crevettes, salades, sorbet à la poire. Délicieux. Au point que Charlotte en oublie sa liste des allergènes.

En ce début d'après-midi, Alice et Charlotte sont parties en quête de parasols et de crème solaire écran total. Pour ma part, j'ai un planning tout tracé : je file chez Bill qui m'attend de pied ferme pour de nouvelles parties de PlayStation.

Quand il me fait entrer dans le hall, je suis surpris par la fraîcheur qui règne dans cette maison. Quel plaisir de vivre ici ! Je l'avais oublié.

J'ai déjà posé le pied sur la première marche de l'escalier quand Bill me retient par le bras et m'entraîne vers la cuisine.

– Viens. Ma mère nous a préparé un goûter.

Sa mère... Je suis Bill, plein d'appréhension. Je sens que ce qui m'attend va me bouleverser.

La cuisine est une pièce spacieuse et lumineuse qui donne sur le jardin. Tout y est impeccablement rangé. Les pots d'épices, les boîtes de thé s'alignent sur leur étagère. Le plan de travail est net, fraîchement nettoyé. Sur la grande table ovale, un plat rempli de donuts nous attend.

Une dame est occupée devant la cuisinière. Ses cheveux châtains sont rassemblés en un vague chignon. Quelques mèches retombent dans sa nuque. Elle se retourne et me sourit.

Aïssa.

Elle n'a pas changé. Elle est magnifique, magique, éblouissante dans sa robe fleurie. Je la contemple bouche bée.

– Bonjour, mon garçon. Comment t'appelles-tu ?

C'est trop pour moi. Je rougis, bégaie :

– Je... Je...

Elle rit.

– Dis donc, Bill, il n'est pas bavard, ton ami !

Effort surhumain :

– Je m'appelle... Pierre.

C'est sorti tout seul. Pourquoi ce stupide prénom ?

Le regard d'Aïssa s'attendrit.

– Tiens ? C'est comme...

Je tente de me reprendre.

– Victor... on m'appelle plutôt Victor. L'autre c'est mon deuxième prénom.

– Eh ben alors, Victor, j'espère que tu aimes la grenadine et les donuts.

Et elle ajoute en me faisant asseoir :

– Je les fais moi-même.

Évidemment. Elle sait tout faire Aïssa.

Je m'installe et mange en silence. Les donuts sont délicieux, mais c'est elle que je dévore des yeux.

Tout à ma contemplation, je ne remarque pas le personnage qui vient d'entrer dans la pièce.

– Voici les fleurs que vous m'avez demandées, Madame Aïssa.

Le petit monsieur qui se tient devant nous a une drôle de tête, écrasée dans le sens de la longueur, un peu comme si quelqu'un s'était assis dessus. Il porte une casquette, un léger pantalon de coton et une chemise Hawaï. Il dépose sur la table le sécateur et la brassée de fleurs qu'il vient de cueillir au jardin, puis il se présente, très simplement.

– Bonjour. Je suis Ahmed.

Oui, je le sais bien. Ahmed. Ahmed le jardinier, Ahmed le chauffeur, Ahmed l'homme à tout faire. Celui qui est toujours là quand on a besoin de lui.

Je le salue poliment.

– Bonjour, Monsieur Ahmed. Moi, c'est Victor.

Aïssa se sent obligée de préciser :

– Ahmed est un ami de la famille. Avant il travaillait pour nous, malheureusement, avec ce qui s'est passé nous avons dû nous en séparer. Mais nous pouvons toujours compter sur lui.

Et lui de lancer à Aïssa un regard plein de reconnaissance.

« Ce qui s'est passé », a-t-elle dit. Mais que s'est-il passé ?

Finirai-je par comprendre ce qui m'est arrivé ?

4 juillet 2016 – fin d'après-midi

Bill est aux anges. Cette fois, c'est lui qui m'écrabouille sur la PS4.

Moi, je suis dans le gaz. Pas encore remis de mes retrouvailles avec Aïssa.

Aïssa, toi la femme de ma vie, mon amour de toujours.

Aïssa, je me souviens de tout.

Des images, des bouts de film, des parfums remontent à la surface et m'emportent.

Nous nous étions rencontrés sur le campus de l'ESSEC Paris. Aïssa y avait accédé dans le cadre de l'un de ces programmes à la con pour la promotion des populations défavorisées. Il faut dire qu'un père éboueur et une mère femme de ménage ça n'ouvre pas automatiquement les portes des grandes écoles. À la maison, les conditions n'étaient pas idéales. Aïssa avait notamment la charge de son petit frère Khalil, un vrai diable qui lui pourrissait la vie.

Mais voilà, cette fille, c'était une bête d'étude. Toute seule sur sa petite table, elle avait bossé au milieu des cris d'enfants. Sa situation familiale ne l'empêcha pas de sortir première du collège, et d'obtenir ensuite son bac avec mention. À l'ESSEC, elle surpassait tout le monde. Sauf que pour la vie estudiantine elle n'avait rien d'une noceuse. Aïssa ne buvait pas, ne sortait pas, ne couchait pas. Elle étudiait.

Je l'aimais en secret. Ses yeux noisette, ses boucles brunes, cette petite moue sur la bouche quand elle réfléchissait. Elle m'avait fait craquer.

Un jour, elle a chopé une crasse, un sale virus. Une semaine à l'hosto et un mois au lit.

Cette maladie, c'était une aubaine pour ces flambards qui espéraient sortir premiers de leur promotion ; Aïssa hors course, ils avaient enfin leur chance... Personne n'a voulu l'aider.

C'était une aubaine pour moi aussi.

Je me suis présenté devant sa chambre d'étudiante avec des fleurs et sous le bras, tous les cours qu'elle avait loupés. Elle a à peine regardé les fleurs et m'a arraché les cours des mains. Mais après avoir péniblement déchiffré la première page, ses yeux se sont fermés et elle a pleuré.

– Je n'y arriverai pas.

La machine était cassée.

Tous les jours, je suis passé la voir. J'ai fait ses courses, révisé avec elle, descendu ses poubelles, remonté son moral, cuisiné des pâtes halal, piraté des films romantiques sur le Net... la totale !

En juin, premiers ex æquo : Aïssa et moi. Nous ne sommes plus quittés.

C'était il y a longtemps.

Très longtemps.

En quittant la villa, j'ai le cœur serré. Je me retourne néanmoins pour saluer Bill. Et là, je remarque un détail. Un détail qui de manière incroyable m'avait échappé, un détail que ma mémoire avait occulté jusqu'à aujourd'hui... ce nom sur la boîte aux lettres : Madame Aïssa Fortin-Malik.

Fortin.

J'ai compris.

Pierre Fortin. C'est mon nom.

5 juillet 2016 matin

Comme assommé par l'émotion, j'ai dormi dans ma chambre aux petits coquillages jusqu'à plus de dix heures. Une nuit troublée par des cauchemars. Quand je descends dans la salle à manger, je trouve une table où sont dispersés les restes du petit-déjeuner, puis un petit mot.

« Sommes à la plage. Rejoins-nous et ferme bien la villa. Bisous. »

Je vide dans l'évier le bol de chocolat tiède et je me prépare un café bien tassé que je bois à petites gorgées.

Je suis songeur.

Qu'est-ce que je fous là ? Pourquoi suis-je ici dans la peau d'un autre ? Pourquoi suis-je revenu ? Je n'en peux plus de cette double vie.

Pourquoi ne suis-je pas tout simplement ce Pierre Fortin ? Ou bêtement un petit garçon comme les autres ?

Il faudra bien que je finisse par comprendre le fin fond de cette histoire, que j'aille jusqu'au bout de ce mystère. Mais plus tard. Pas aujourd'hui. Je ne suis pas prêt. Car je sens que ce qui m'attend au bout du chemin est terrible.

Je vais rejoindre ma famille adoptive, jouer dans les vaguelettes, faire semblant. Puis, je le sais, nous mangerons sur le port. Puis, enfin, je m'échapperai pour retrouver mon autre famille, une famille qui est mienne et dont je ne suis pourtant que l'étranger de passage. Une famille dans laquelle mon autre moi erre encore comme un fantôme.

5 juillet 2016 après-midi

Bill m'attendait.

Il sourit. Visiblement, il est content de me revoir. C'est réciproque.

– Tu as une revanche à prendre !

C'est vrai que j'ai une revanche à prendre.

Il parle de sa Play Station. Je pense à autre chose.

Avec lui, je franchis le seuil.

La porte du salon est entrouverte. Il y a toujours l'énorme écran plat, les fauteuils et le divan de cuir aux larges accoudoirs, mais surtout le splendide piano à queue qui trône au milieu de la pièce. Je le regarde, fasciné.

Bill s'en rend compte.

– C'est un piano à queue.

– Oui, je sais.

– Il était à mon père.

Cela aussi, je le sais.

– Il... il était pianiste ?

– Non. Il jouait super bien, mais c'était pas son métier.

– Il faisait quoi, alors ?

Je veux savoir.

– Il avait une boîte de soft.

Bill m'entraîne vers le hall.

– Viens, ne restons pas là.

On monte et on s'installe sur le lit. Les voyants de la Play Station s'animent. Vite, s'évader dans le jeu. Je le sens, Bill fuit. Mes allusions à son père l'ont perturbé. Il est une question pourtant que je brûle de lui poser. Une question évidente. Et si je ne le fais pas maintenant, je risque de ne plus en avoir l'occasion avant longtemps.

– Bill... ton père... Que lui est-il arrivé ? Il baisse la tête, puis regarde par la fenêtre.

– On n'aime pas en parler, ici.

Bill me touche. Je sens qu'il est lui-même bouleversé. Il n'a pas dû me connaître, ou si peu. Au mieux, sentir une présence. Pourtant, la blessure est là, encore ouverte. Il répond à mi-voix.

– Un jour, il est parti.

Il baisse à nouveau la tête et se met à fouiller dans ses DVD de jeux. Je n'en tirerai plus rien. Je n'en ai d'ailleurs pas envie. Je vois bien que je lui fais mal.

Bill joue, mais il est distrait, absent.

– Bill ?

– Oui ?

– Si on allait plutôt se balader sur le port.

Il soupire.

– T'as raison. J'y suis pas aujourd'hui.

Nous dévalons les escaliers et remontons l'avenue Émile Zola jusqu'à la plage. Ensuite, les pieds dans l'eau, nous longeons la mer. Un sable gras nous colle aux pattes. Nous n'échangeons pas un mot. Cette promenade silencieuse me semble durer une éternité, mais elle nous apaise.

Enfin, nous montons sur la digue qui mène au port de plaisance. Les touristes se bousculent autour des échoppes qui proposent des balades en mer. Nous nous asseyons sur un muret.

Tout là-bas, l'horizon est comme une belle ligne bleue tracée sur la mer. Le ciel est lumineux, le soleil brûlant, mais un vent doux nous vient du large. Je me sens bien.

Bill me parle sans me regarder.

– Tu peux garder un secret ?

– Bien sûr.

– Je crois que mon père ne m'aimait pas.

– Pourquoi dis-tu cela ?

– Je le sais. Sinon, il ne serait jamais parti.

Je me souviens maintenant si bien de ce petit bébé que je tenais dans les bras. Le plus beau jour de ma vie d'avant. Bon Dieu, Bill, comment peux-tu croire cela ?

Qu'est-ce que j'ai donc fait ? Je me mords les lèvres.

– Non, Bill. C'est absurde. Je ne sais pas ce qu'il s'est passé avec ton père, mais je suis certain qu'il t'adorait.

Il ne répond pas.

– D'ailleurs, s'il te voyait aujourd'hui, il serait fier de toi.

Bill hausse les épaules.

– Ma mère aussi le dit, mais qu'est-ce que tu en sais ?

– Je sais des choses que ta mère ne sait pas.

Il me regarde, étonné.

– Ah bon ? Quoi donc ?

Que puis-je lui dire ? Il ne comprendrait pas.

– Je sais que tu es un super copain... et que sur Play Station, tu es un crack !

Il rit.

Nous poursuivons notre promenade sur le port. Bill a retrouvé la pêche, mais moi je suis amer.

Que s'est-il passé ? Mon départ, il y a des années de cela, a laissé incompréhension et douleur.

Comment ai-je pu abandonner tous ces gens que j'aimais ?

6 juillet 2016

Je me suis lancé dans de nouvelles recherches sur Internet.

« Mon père, il avait une boîte de soft », avait dit Bill. Alors, je googelise ce nom que je me suis réapproprié : « Fortin ».

« Fortin. Maçonnerie et gros œuvre », « Carrosserie Fortin & fils », « Fortin Fiduciaire », « Pharmacie Fortin ». Pas de boîte de soft à ce nom. Et pourtant, je finis par trouver une société à laquelle mon nom est associé. Perfectum. Siège social à Paris, avenue Kléber. Sur leur site, je reconnais l'immeuble dont j'ai rêvé il y a peu. Cette société créée il y a quinze ans a eu son heure de gloire avec de gros contrats dans le domaine du trading. Un bureau à New York, une filiale en Chine et à Francfort. Aujourd'hui, elle a toujours un chiffre d'affaires important, mais elle est un peu à la peine. Depuis quelques années, elle a même franchement perdu des plumes. Le marché chinois leur a filé entre les doigts et un licenciement d'une dizaine de personnes aurait eu lieu récemment. Pas très bon tout ça.

Je me balade sur leur site. Au détour d'une page, je tombe dans l'historique sur une photo de 2006, celle du fondateur de l'entreprise. Un beau type, la quarantaine rayonnante, mâchoire de sportif, des yeux bleus, des cheveux blonds coiffés en arrière. C'est le portrait que j'avais croisé sans le voir sur le piano du salon.

Il y a un nom. Pierre Fortin.

Ce type, c'est moi. J'ai l'impression de me regarder dans un miroir.

Je me suis retrouvé.

Puis je me mets à pleurer... Qu'est-ce que je fous là, dans la peau d'un gosse de six ans ?

6 juillet 2016 au soir

Albert, Alice et Charlotte jouent au Trivial. Comme toujours, Charlotte triche, Alice sèche et Albert perd avec le sourire. Réfugié derrière l'écran de l'ordinateur, je les écoute distraitement. J'ai prétendu vouloir me renseigner sur l'horaire des marées. Cela n'intéresse personne et me laisse donc le champ libre.

Dans ma rage de comprendre, j'ai en réalité décidé de poursuivre mes investigations. En fait, je ne mets que peu de temps pour débusquer ce que je recherche. En associant tout simplement mon nom à celui de Perfectum, je tombe sur une centaine d'articles datant de 2008. Il semble bien que j'ai retenu alors l'attention des médias. Le plus complet de ces articles est extrait des archives en ligne du Figaro. Le titre à lui seul résume tout.

« *Disparition mystérieuse de Pierre Fortin.*

On est toujours sans nouvelles de l'emblématique patron de Perfectum, disparu sans laisser d'adresse le 6 juin dernier. Si la famille se refuse à tout commentaire, Jean-Louis Saunier, vice-président du groupe, se montre plus disert et tient à rassurer les clients. 'Tous nos engagements seront tenus et les projets en cours menés à bien ; malgré le malheur qui nous frappe, j'ai toute confiance dans l'avenir de notre belle entreprise. Bien entendu, la disparition de Pierre est pour moi une tragédie. Je perds un partenaire d'une grande valeur, et plus encore un ami. Néanmoins, je peux vous l'affirmer : notre groupe surmontera cette épreuve.'

On l'espère avec lui, car pour mémoire, c'est Perfectum qui assure le bon fonctionnement de plusieurs salles de marché européennes... et qui projetait d'en investir plusieurs outre-Atlantique d'ici fin d'année. »

Oui, bien sûr... les salles de marché, mon monde à moi. Et Jean-Louis, Jean-Louis Saunier, mon associé aux dents longues. À nouveau, un rideau vient de se lever sur toute une partie de ma vie. Mais pour ce qui est de ma disparition, c'est toujours le trou noir.

Je parcours plusieurs des articles. Ils semblent se copier les uns les autres sans apporter vraiment d'explication aux événements. Certains journalistes croient cependant pouvoir conclure : le succès de Perfectum est tel qu'il en est suspect, mon petit yacht qui était amarré au port a disparu, de même que certaines de mes affaires personnelles. J'aurais fui.

Mais je n'y crois pas.

Quelques semaines après ces événements, les articles s'espacent. Puis, c'est le silence.

On m'a oublié.

7 juillet 2016 au matin

Quelque chose m'intrigue : quel rôle a joué la police dans cette histoire ? Un homme ne disparaît pas dans des circonstances aussi mystérieuses sans qu'on ne mette des enquêteurs sur le coup. Les journalistes avaient avancé certaines hypothèses, mais quelles ont été leurs conclusions à eux ?

Les articles que j'ai pu retrouver sont peu loquaces sur ce sujet. Ce qu'on y trouve ce sont presque uniquement des suppositions, des rumeurs, des peut-être. Le mystère fait vendre ; on ne gagne rien à dévoiler brutalement certaines vérités, surtout quand elles se révèlent des plus banales.

Dans les pages judiciaires d'un journal régional, j'ai néanmoins fini par retrouver quelques indications. On fait ici référence à une source bien informée proche de l'enquête, donc un inspecteur ou un greffier qui aurait cafté. L'affaire avait été confiée aux hommes de l'antenne de police judiciaire de Poitiers-La Rochelle. Selon cette source bien informée, la police se serait tout d'abord orientée sur la piste d'une agression, piste qui aurait été rapidement abandonnée. Pas de trace de sang, aucun signe de violence ou d'intrusion par effraction dans la villa. Les empreintes digitales et les traces ADN relevées sur les lieux n'avaient rien donné non plus.

On se tourna alors vers l'hypothèse d'un enlèvement crapuleux. Pierre Fortin, chef d'entreprise, enlevé pour son fric, ce genre d'affaires, ça s'est déjà vu. Mais voilà, les jours ont passé sans qu'une demande de rançon ne soit transmise à la famille.

Autre voie explorée par la police : la fugue, une fuite de Pierre Fortin devant quelque scandale qui concernerait sa vie privée ou son entreprise. Il y avait bien des indices. En effet, un sac de voyage avait été emporté, le bateau avait disparu. Mais même là-dessus la police n'aboutit pas. Les cartes de crédit de Pierre Fortin n'avaient jamais été utilisées, les déplacements récents du disparu ou les comptes de l'entreprise n'avaient révélé aucune activité suspecte et sa femme affirmait que rien dans son comportement ne laissait présager une quelconque volonté de fuite. Restait l'accident en mer. L'idée subite d'une virée qui aurait mal tourné. Non. Le temps était idéal et, même en tant qu'amateur, Fortin était connu pour être un bon marin.

Puis, la France s'est retrouvée confrontée à plus grave que la disparition d'un petit chef d'entreprise et mon dossier, sans doute, a été rangé au rayon des *cold cases,* les affaires non élucidées...

7 juillet 2016 après-midi

Cet après-midi, la chaleur est étouffante. Le soleil tape dur et il n'y a pas un souffle de vent. Derrière ma villa, je veux dire la villa de Pierre Fortin, il y a maintenant cette petite piscine. De mon temps, elle était encore en cours de construction. Bill et moi venons de passer dans l'eau plus d'une heure et nous sommes maintenant étendus dans l'herbe.

– Elle est chouette ta piscine.

Je mens. Elle ne me plaît pas. C'est moi qui avais proposé de construire cette piscine, mais je l'imaginais plus grande, plus profonde, plus sympa.

– C'est Ahmed qui l'a montée, presque tout seul !

Ahmed, évidemment.

À ce moment, j'entends des bruits de voix.

La baie vitrée du salon est restée entrouverte. Aïssa parle avec un visiteur. Ça n'a rien d'une conversation amicale. J'écoute l'air de rien.

– Inutile d'insister, ma réponse est non !

– Allons, Aïssa, soit raisonnable. Tu as besoin de cet argent !

C'est un homme qui répond. Je connais cette voix. C'est Jean-Louis Saunier, mon ex-associé.

Le ton monte.

– Je n'en ai rien à foutre de ton fric de merde !

– Comme tu veux, Aïssa. Inutile d'être grossière. C'était une simple proposition. Tu sais que je suis prêt à tout pour t'aider.

– Bien sûr. Et d'où tu vas le sortir cet argent ? Un nouveau trou dans la caisse ?

– Qu'est-ce que tu insinues ? Sans moi, tu n'imagines pas où en serait cette boîte.

– Justement, je ne le sais que trop bien et…

Le bruit de la conversation s'estompe. Ils sont repartis vers la cuisine. Cependant, j'ai le temps d'entrevoir Jean-Louis au moment où il passe devant la baie vitrée.

Il a pris dix kilos, peut-être plus, et semble à l'étroit dans son costume gris. Son front a continué à se dégarnir et ses bonnes joues roses achèvent de lui donner un air bouffi. Je l'avais connu plus distingué.

C'est surtout cette bribe de conversation qui me sidère.

Bill a lui aussi tourné la tête vers le salon et il soupire.

Je ne peux m'empêcher de l'interroger.

– C'est quoi cette histoire d'argent ?

Il hausse les épaules.

– Ma mère est un peu serrée point de vue fric. Jean-Louis veut lui acheter la maison. Il dit qu'on pourrait y rester, mais maman ne veut pas.

Je suis interloqué.

– Mais vous n'avez pas besoin d'argent ?! Il y a la boîte de ton père, elle est à ta mère à présent.

– Ben non. C'est la boîte de Jean-Louis. Avant de partir, mon père lui a donné la société. Il fait ce qu'il veut maintenant.

J'en reste muet.

Une heure plus tard, je rentre à l'appartement. Je dois avoir une tête à faire peur. Alice s'en inquiète.

– Ça ne va pas, Victor ?

Non, ça ne va pas !

Jamais. Jamais je n'aurais abandonné ma famille… et jamais, je ne l'aurais dépossédée de mon entreprise au profit de ce requin de Jean-Louis Saunier.

C'est un cauchemar.

2008 : 5 janvier

Désolé, Jean-Louis, mais il n'en est pas question.

— Mais enfin, Pierre, c'est une occasion en or. Tout est déjà sur les rails. J'ai trouvé d'excellents contacts à Pékin et à Shanghai. Nous allons y faire un malheur !

— Je n'y crois pas. La seule chose que nous allons gagner avec les Chinois, c'est qu'ils nous achèteront une ou deux licences, soi-disant pour tester le produit… Un an plus tard, on retrouvera sur le marché un clone version asiatique de nos meilleurs softs et ce sera la fin des haricots.

— Je ne te comprends pas. Comment peux-tu refuser bêtement de telles opportunités, alors que je t'apporte tout sur un plateau ? Tu manques d'ambition, d'audace.

— Tu sembles oublier que les contrats sur lesquels nous faisons notre chiffre d'affaires aujourd'hui sont ceux que j'ai décrochés à une époque où personne n'y croyait.

— Eh bien disons que tu n'as plus la niaque que tu avais à tes débuts.

– *Et toi tu fonces tête baissée sans réfléchir dès que tu vois briller quelque part un euro, un yuan ou un dollar.*

– *N'importe quoi.*

– *D'ailleurs, je profite de l'occasion pour te rappeler que cette boîte c'est la mienne et que tu n'as pas à prendre ce genre d'initiative sans m'en parler au préalable.*

– *Et moi, cette boîte, je te rappelle que j'en suis aussi actionnaire.*

– *Actionnaire minoritaire. Tu ferais bien de t'en souvenir.*

Jean-Louis Saunier a déjà la main sur la poignée de la porte, quand il se retourne.

– *Tu te crois toujours plus malin que tout le monde, Pierre. Méfie-toi, un jour ça te retombera sur la gueule. Ta belle réussite, tu la fais sur le dos des autres, y compris sur le mien !*

C'est l'explosion.

– *Tu fais chier, Jean-Louis !*

Le classeur de présentation de Perfectum vole au travers de la pièce et s'écrase sur la porte que vient de claquer le Directeur commercial.

8 juillet 2016

Nouvel après-midi passé avec Bill. Rien à signaler, rien de nouveau. Ce n'est qu'une impression, mais je crains que les questions évasives que je lui ai posées au sujet de son père ne l'aient mis mal à l'aise. Il semble s'être refermé sur lui-même. Alors, je tente de le réapprivoiser en évitant à tout prix de revenir sur ce terrain. Nous avons passé les heures les chaudes bien au frais devant la télé, puis, nous sommes repartis sur le port.

Bill m'en fait la visite, me détaillant chaque modèle de bateau qui y est au mouillage. Catamaran, sloop, cotre, ketch, goélette. Il en connaît un morceau en matière de navigation. C'est son rêve, me dit-il. Il a déjà fait plusieurs stages de voile et n'espère qu'une chose : pouvoir prendre un jour la mer pour une longue course au large et pourquoi pas un tour du monde.

Moi aussi, j'en avais rêvé.

C'est étrange. Alors que nous nous sommes à peine côtoyés, il y a huit ans de cela, tant de choses sont passées entre nous. Il s'enthousiasme pour des sujets qui m'ont eux aussi passionné, il raisonne comme moi, apprend et se cultive comme moi. Il semble marcher dans mes pas. Beaucoup trouveront cela merveilleux. Pour moi, c'est tout simplement déconcertant et frustrant.

Malgré son jeune âge, Bill affiche déjà une personnalité complexe et riche. Ses centres d'intérêt sont multiples. Que ce soit l'histoire de Royan, l'actualité, les jeux vidéo ou la navigation à voile, il a visiblement assimilé des connaissances dans une multitude de domaines ; ces connaissances il les accumule, les analyse et les restitue avec une grande aisance. Mais derrière cette façade d'érudition précoce, je devine également quelqu'un d'angoissé. Ainsi que je le fais moi-même, il cherche sans doute dans le jeu vidéo un exutoire à son anxiété. C'est son histoire, je pense, qui le rend mal à l'aise. Un père qu'il n'a pas connu, un père disparu dans des circonstances troubles et dont sa mère et lui ne peuvent vraiment faire le deuil tant l'ombre de celui-ci pèse encore sur la maison et sur leur vie.

Bill doit souffrir.

Mais que puis-je vraiment faire pour lui ?

9 juillet 2016

Nous partons en balade ; pas bien loin en fait. Visite du zoo de La Palmyre à quelques kilomètres de Royan.

Albert a proposé d'inviter mon ami Bill. Aïssa m'a à la bonne et elle a accepté. Il s'est donc joint à nous. Je connais bien La Palmyre. C'est l'un des plus beaux zoos d'Europe. La visite pourtant est un peu décevante. Assommés par la chaleur, les girafes, flamants roses et autres zèbres nous regardent passer indifférents. Nous-mêmes, nous traînons un peu la patte en parcourant les allées, nous attardant dans les endroits les plus ombragés. Je retrouve néanmoins avec un certain plaisir ces allées que j'avais parcourues jadis. Les espèces qui sont représentées ici sont nombreuses et variées. Pour ma part, j'ai un faible pour les rapaces et les fauves. Bill, lui, est fasciné par les ours blancs qui s'ébattent dans leur piscine, quant à Charlotte, elle reste en arrêt devant un sapajou pendu à sa branche ; elle tente d'attirer son attention en lui faisant des grimaces. En ce qui me concerne, je suis soudain morose. Pas plus sans doute que ce sapajou dans sa cage, je ne comprends ce que je fais ici.

Plus j'y pense, plus je me dis que la clé de mon histoire est cette journée du 6 juin 2008 au cours de laquelle je me serais évaporé.

Or, autant mes souvenirs sur ma vie d'avant sont de plus en plus clairs, autant les dernières heures restent-elles dans l'ombre.

Mon souvenir le plus récent était un long voyage, ma voiture filant sur l'autoroute. J'ai pensé un moment qu'il s'agissait de ma fuite. Mais non. Je me vois ensuite revenir à la maison. Aïssa et le bébé ne sont pas là. C'est Ahmed qui m'accueille. Il y a un problème d'eau. Je le vois encore me sourire.

— Rassurez-vous, Monsieur Pierre, ce n'est pas grave.

Si, c'est grave.

On m'a volé mon histoire.

On m'a volé ma famille.

Et maintenant j'en suis certain, on m'a volé Perfectum.

10 juillet 2016

Ma déprime et mon amertume ont laissé la place à un sentiment bien différent : la colère, la rage de comprendre.

Deux mystères me taraudent : comment Perfectum se retrouve-t-elle aujourd'hui entre les sales pattes de Jean-Louis, et que s'est-il vraiment passé ce fatidique 6 juin 2008 ?

Je suis prêt à tout pour tirer cela au clair, quitte à prendre des risques.

Plus d'une semaine de vacances s'est déjà écoulée et je n'ai plus de temps à perdre.

Je me suis levé tôt. Alice et Albert sont déjà debout. La table est mise. Il y a du café, du chocolat, des brioches. J'ai une faim de loup, mais je reste impassible, comme absent devant mon petit-déjeuner.

— Ça ne va pas, Chouchou ? s'inquiète Alice.

— Je ne sais pas. Je ne me sens pas trop bien.

— Bah ! C'est le soleil, la rassure Albert. Cette balade au zoo nous a tous tapé sur la tête.

Puis, se tournant vers moi :

— ... Mon petit Victor, tu devrais rester à l'ombre ce matin et te reposer.

Je n'en demandais pas plus.

Dès qu'ils ont quitté l'appart emportant serviettes et sacs de bain, crème solaire et ballon de plage, je me rue sur l'ordinateur. J'ai deux ou trois heures devant moi pour avancer dans mes recherches.

Procédons dans l'ordre.

Si ma mémoire est bonne, les cessions de parts d'une s.à.r.l. doivent être enregistrées auprès du greffe d'un tribunal de commerce. Or ce registre est consultable sur le Net. En moins de cinq minutes, moyennant quelques euros payés avec ma carte de crédit US, j'ai l'acte notarié sous les yeux. Ce que révèle ce document est étonnant : une cession de deux pour cent de mes parts. En effet, il n'en fallait pas plus pour que Jean-Louis se retrouve seul aux commandes.

Le notaire qui a procédé à la transaction est Maître Duvivier. Je le connais bien. C'est Jean-Louis qui me l'avait présenté et à plusieurs reprises, j'ai eu recours à ses services.

Je dois éclaircir cela.

Alice, je le présume, a comme toujours oublié son portable. Je cherche dans la salle de bains, la cuisine, sous les coussins du divan. Je le retrouve finalement dans la chambre au milieu d'une pile de linge sale. Pincode 1234. Pas sorcier.

Je configure l'engin en mode masqué et compose le numéro du cabinet du notaire. On m'y met en attente avec une musique débile que je dois supporter plusieurs minutes ; de temps à autre un message préenregistré me demande de patienter. J'obtempère. Puis soudain, il y a un être humain au bout du fil :

– Étude Duvivier, Bonjour.

– Bonjour, Madame ; Tanja Guichard de Perfectum. Je souhaiterais parler à Maître Duvivier, s'il vous plaît.

– Bonjour, Madame Guichard. Ne quittez pas, je vous le passe.

Ma voix de fausset fait des miracles.

– Maitre Duvivier, bonjour. Que puis-je pour vous, Madame Guichard ?

Je suis surpris ; le ton est clair, presque enjoué. Rien à voir avec la voix rocailleuse abîmée par le tabac que je connaissais.

– Maitre Jean Duvivier ?

– Ah non. C'est Jules Duvivier à l'appareil. Je suis son fils.

– Mais je... pardonnez-moi.

– Je croyais que vous étiez au courant ! Mon père est décédé dans un accident de voiture. Rappelez-vous, nous en avions parlé. C'était quelques semaines après la mort de votre patron.

– Je... Oui, bien sûr. Je suis désolée, je...

J'ai coupé la communication.

Jean Duvivier, mort il y a huit ans. Avec suspicion, je réexamine cet acte notarial qui s'affiche à l'écran. Je n'y crois pas.

La signature...

Je plisse les yeux... un détail. Le point. Le point que je mets toujours sur le « i » de Fortin. Il n'y est pas. Cette signature, c'est un copier-coller. Cet acte est un faux.

Je le sentais, je le savais, j'en étais même certain. Il était impossible que j'aie cédé mes parts à ce forban de Jean-Louis.

De nouvelles pages de mon histoire s'éclaircissent.

Jean-Louis et moi étions de jeunes consultants pleins de fougue et d'ambition. On fréquentait les mêmes cours, les mêmes cercles, les mêmes copains. Il était brillant, mais un peu flémard, beaucoup fêtard. Les jours de gueule de bois, je lui filais mes notes et mon pied au cul. Pourtant, ce type avait une chance de pendu. Malgré ses absences, il passait toujours sur le fil. Et surtout, pour les stages en entreprise, c'est lui qui décrochait immanquablement les meilleures places. Pour ma part, je me suis retrouvé à deux reprises dans des boîtes sinistres qui s'occupaient de transactions boursières. Pour tuer le temps, j'ai développé un petit soft et des utilitaires destinés aux salles de marchés.

Au sortir de mes études, j'ai créé ma société, Perfectum. C'était nouveau, il y avait une demande pour ce genre de produits et peu de concurrence.

Très rapidement sont tombés les premiers contrats. À un point tel que, manquant de moyens, je me suis retrouvé débordé. Aïssa avait été engagée comme consultante chez l'un des *Big four* ; elle ne pouvait pas m'aider. Jean-Louis par contre était toujours sans emploi. Je lui ai proposé de me rejoindre. Il a mis un peu d'argent dans l'affaire et a pris en charge les ventes, tandis que je m'occupais de la recherche et du développement.

En quelques années, Perfectum était devenu une solide société occupant une cinquantaine de personnes. Notre chiffre d'affaires avait alors dépassé les dix millions d'euros.

Je bossais dur, mais j'étais heureux. J'avais un job super, j'avais épousé Aïssa, ma copine de fac, j'habitais une belle maison, nous attendions un enfant. La vie m'avait offert tout ce dont je pouvais rêver.

Seulement voilà, à Jean-Louis, notre succès faisait tourner la tête. Il en voulait toujours plus. Il avait revendu sa Renault pour acheter une BM. Puis, revendu sa BM pour l'échanger contre une Porsche. Son salaire avait été doublé, triplé, enfin, par le biais des commissions, il fut multiplié par dix. Trop souvent, j'ai cédé devant ses exigences de plus en plus folles. Jusqu'à ce qu'il insiste pour me racheter dix pour cent de mes parts. J'aurais perdu la maîtrise complète de l'entreprise que j'avais créée.

La réponse fut non. Un non ferme et définitif.

Il m'a traité de tous les noms, il a tiré la tête un moment. Ensuite, après quelques jours, il s'est apparemment fait une raison. Mais était-ce vraiment le cas ? Il semble que non. Tout porte à croire qu'il a profité de ma disparition pour mettre la main sur ma boîte. Salaud.

Tout à coup, un doute grandit en moi.

Et si ce gredin était tout simplement l'organisateur de tout cela ?

Mais bien sûr ! Il monte cette histoire de fausse cession, il me liquide, avant de brandir son papier bidon ! Jackpot !

Pourtant, j'hésite. Jean-Louis était dévoré d'ambition. Il aurait tué père et mère pour se faire une place au soleil. Mais aurait-il tué un ami ? Celui qui lui avait donné sa chance ?

Jean-Louis, un ambitieux, un faussaire, un escroc. Sans doute. Mais un assassin ?

Je ne sais pas ce que je dois penser. Que s'est-il vraiment passé le soir du 6 juin ?

Cet après-midi je retournerai à la villa des Hirondelles.

C'est incroyable, mais il y a une piste en or que j'ai négligée jusqu'à présent. Comment n'y ai-je pas pensé plus tôt ?

10 juillet 2016 après-midi

J'ai mal au bide. C'est où la salle de bains ?
Tout absorbé par le nouveau jeu que je lui ai offert, Bill se laisse à peine distraire.

– Au fond du couloir, la porte bleue.

Il est absurde de poser des questions destinées à m'orienter dans ma propre maison, mais cela fait partie de mon jeu d'acteur.

Arrivé face à la porte bleue, j'oublie la salle de bains, je prends à droite et me dirige vers la chambre des parents... ma chambre, aujourd'hui celle d'Aïssa. Cette dernière est partie faire des achats en ville, elle ne reviendra pas avant une ou deux heures ; une telle occasion ne se représenterait pas de sitôt.

J'entrouvre doucement la porte.

Une fois de plus, le choc est terrible. Je retrouve cette pièce comme si je l'avais laissée hier. C'est littéralement désarmant. Le grand lit en fer forgé, le secrétaire, la coiffeuse, les tables de nuit en bois exotique, les cadres de Mucha et le dressing sur le mur du fond. Rien n'a changé.

Je reste immobile à contempler mon monde perdu.

Il faut que je me reprenne. Je m'avance vers le petit secrétaire. C'est là que se cache ce que je suis venu chercher : le journal d'Aïssa. Je l'ai toujours connue tenant ce journal. Une douce manie que je considérais avec le sourire. Elle écrivait penchée sur son cahier, murmurant des paroles inaudibles et ramenant de temps à autre une mèche de cheveux derrière son oreille.

Aujourd'hui, ce compagnon de tous les jours est peut-être ma planche de salut. Je devrais le retrouver à sa place, dans le premier tiroir de droite.

Non. Raté ! Ce tiroir est presque vide. Des factures, des extraits de banque.

Je dégotte finalement le journal dans le tiroir du bas sous de vieilles photos. Rapidement, je tourne les dernières pages. Je constate avec étonnement que depuis cinq ans, ces pages sont restées blanches. Aïssa a cessé d'écrire. Qu'à cela ne tienne, ce que je cherche doit y être.

J'avais dit que j'étais prêt à prendre des risques... je planque le petit cahier rouge sous mon tee-shirt, referme le tiroir et me glisse hors de la chambre.

À la réflexion, quelque chose a bien changé dans cette chambre, mais je ne saurais dire quoi ? C'est une simple impression qui me laisse sur ma faim.

– Qu'est-ce que tu fous là, toi ?

Merde. Je viens de tomber nez à nez avec un type qui sort de la chambre d'ami. Il est grand, basané, le nez en bec d'aigle. Impossible de ne pas le reconnaître. C'est Khalil, le frangin d'Aïssa, mon beau-frère. Qu'est-ce que ce con fait ici ? Il me fixe de son petit œil vicieux. Je suis censé répondre. L'excuse vient toute seule.

– Je cherche les toilettes.

D'une main nonchalante, il me désigne le fond du couloir.

– Là, devant toi, la porte bleue, petit crétin.

Il est toujours aussi moche, mais il est sapé comme un ministre. Veste bordeaux, chemise mauve, cravate violette. Un ministre, peut-être, mais celui du Mauvais Goût. Il m'en aura fait baver avec ses conneries, celui-là. Il ne va pas remettre ça dans ma nouvelle vie ! Je prends un air indigné et me retire dans la salle de bains.

Par la serrure, je vois Khalil qui s'éloigne. Sa présence dans la maison m'indispose au plus haut point. Dès notre première rencontre, j'ai trouvé ce gars insupportable. C'est le genre de type à qui tout est dû, mais qui, lui, ne doit rien à personne. Il ne donne rien, il ne crée rien, il ne construit rien ; il casse, il jette, il use, il pourrit tout ce qui l'entoure. Et tout cela avec une bonne conscience désarmante.

Après avoir tiré la chasse d'eau et refermé bruyamment la porte, je vais retrouver Bill.

Tout à son jeu, il n'a pas décollé de son lit et a à peine remarqué mon absence prolongée.

– Ça va mieux ?

– Oui, merci. T'en es où ?

– Niveau trois. C'est coton.

Je m'en veux de profiter de son amitié pour parvenir à mes fins. C'est un garçon adorable et vif d'esprit. Je l'observe un moment alors qu'il s'agite sur sa manette de jeu. Il a les yeux noisette de sa mère et mes cheveux blonds, du moins ceux que j'avais alors. Il est plein de vie et il suffit de parler quelques minutes avec lui pour voir qu'il s'intéresse à tout. J'ai de la peine. J'aurais dû lui offrir une enfance heureuse, être à ses côtés lorsqu'il faisait son entrée dans la vie. Nous serions partis ensemble pour de longues virées en mer ; je lui aurais fait découvrir Paris, Londres, New York. Ce ne sera pas le cas.

Cependant, il y a au moins une chose que je dois faire pour lui, c'est me débrouiller pour qu'il sache que son père ne les a pas abandonnés sa mère et lui ; me débrouiller aussi pour leur rendre ce qui leur a été volé.

10 juillet 2016 - 16 heures

Il me reste encore un peu de temps avant de rentrer. Bill et moi filons sur le port. Je ne me lasse pas d'observer les bateaux. Une chose est certaine, lorsque j'en aurai officiellement l'âge, je laisserai à mes copains le karaté ou le foot et moi, je mettrai les voiles.

Une grosse dame passe devant nous. Elle porte un paréo multicolore ; à sa main droite, un cornet de glace dégoulinant et sous son énorme bras gauche, un petit chiwawa menacé d'étouffement. Alors que la matrone arrive à notre hauteur, le chiwawa tend son cou de poulet et lèche avec gourmandise la crème glacée, se barbouillant le nez de crème fraîche.

Bill me regarde, pouffe, puis éclate de rire. Un rire clair et joyeux.

C'est étonnant. Pierre Fortin, lui, ne riait pas. Moi-même, je ris rarement. Peut-être est-ce aussi pour cette raison que je me fais si peu d'amis. Je trouve leurs blagues nulles, et surtout je considère que la vie est une chose sérieuse. Le sens de l'humour est une chose qui m'est étrangère. Je suis souvent dans ma bulle, insensible aux situations comiques, aux calembours ou autres nigauderies.

C'est sûr, je devrais me lâcher...

10 juillet 2016 au soir

Le soleil se couche lentement sur un horizon rouge sang. Voilà une heure qu'assis près de la fenêtre j'ai entamé la lecture du journal d'Aïssa. Jamais à l'époque je ne me serais permis une telle indiscrétion... mais aujourd'hui... Par décence cependant, j'en ai laissé de côté la plus grande partie pour ne me consacrer qu'à l'examen des mois qui ont précédé ma disparition.

Aïssa a couvert des dizaines de pages de sa petite écriture dense et régulière. Au fil des jours alternent les anecdotes, les petits bonheurs, les rencontres, les voyages, les bobos et contrariétés. Je retrouve avec émotion le récit de nos balades en bateau, de nos vacances à Salzbourg, celui des premiers sourires de Bill. Puis, se succèdent des événements moins plaisants. La mort de maman, notre accident de voiture en mars, les conneries de mon beau-frère Khalil qui une fois de plus échappe de peu à la prison.

Certains passages me mettent mal à l'aise. Par moments, Aïssa fait état d'une tristesse, d'un mal-être que je ne lui connaissais pas.

« Ce soir, je suis à nouveau seule à la maison avec Bill. Pierre est débordé ; une fois de plus, il est resté à

Paris. Cette vie me lasse. Je me dis que jamais je n'aurais dû abandonner mon travail. J'essaye de m'occuper comme je peux. Je consacre à Bill une partie de mon temps, mais le reste de mes journées est vide. Avec le printemps j'espère retrouver ici un peu d'entrain, pour l'instant, à mes yeux, cette ville est comme morte. Une fête interrompue où l'on s'endort en attendant le retour des invités, ceux qui reviendront avec les beaux jours. Je regrette Paris... Si on m'avait dit ça ! »

Et plus loin...

« Parfois je songe à fuir mon existence actuelle. Cette belle villa est une cage dorée. Je ne sais comment expliquer cela à Pierre, il ne comprendrait pas. Lui semble s'épanouir entre son bureau de l'avenue Kléber et sa douce retraite royannaise. Moi, je reste à l'attendre, à le regarder passer et repartir. Je ne suis que le simple témoin de ses allées et venues, une ombre auprès de laquelle il vient parfois trouver le repos. »

Pardon Aïssa ; je ne savais pas. Dans cette course qu'était devenue ma vie, je n'avais rien vu de cette détresse. Aujourd'hui, il est trop tard.

Avec hésitation, je viens d'ouvrir le journal à la date du six juin. Il devrait y avoir là quelques mots, quelques phrases, qui pourraient venir tout éclairer... Mais ce qu'Aïssa relate de cette journée est d'une affligeante banalité.

« Il est finalement trop tard pour planter mon hibiscus. Ce sera pour l'automne ; je le laisserai en pot d'ici

là. Bill a un peu de fièvre ; il fait peut-être ses dents. Pierre rentre tard. Je vais passer la soirée chez mon amie Florence. »

En réalité, c'est le lendemain, le 7 que les choses se gâtent.

« Quand je suis rentrée hier soir, la voiture de Pierre était garée dans l'allée. Pourtant, il n'était nulle part dans la maison. L'alarme était coupée. Dans notre chambre, son armoire était ouverte, ses vêtements en désordre, son sac de voyage n'était pas à sa place. Je n'arrive pas à croire que Pierre soit parti ! »

Moi non plus, je n'arrive pas à y croire, même si tout semble prouver le contraire.

Je voudrais poursuivre ma lecture, mais la nuit est tombée et je ne veux pas attirer l'attention des parents en allumant ma lampe de chevet. D'ailleurs, je tombe de fatigue.

La suite sera pour demain.

Et cette suite, je la redoute plus que tout.

2007 : 2 juin

Je suis bien chez madame Aïssa Malik ?

– Oui, je suis son époux… mais vous savez l'heure qu'il est ?

– C'est la police, Monsieur.

– Que se passe-t-il ?

– C'est au sujet de son frère Khalil Malik.

– Qu'est-ce qu'il a encore fait ?

– Conduite en état d'ivresse, retrait de permis.

– Et alors ?

– Il a demandé de prévenir sa sœur pour qu'elle vienne le chercher.

– Il est où là ?

– Commissariat central de Bordeaux, rue de Sourdis.

– Ma femme est enceinte, elle ne va certainement pas courir jusqu'à Bordeaux.

– Alors, j'en fais quoi ?

– Qu'il prenne un taxi.

– Il a perdu son portefeuille…

Grognement.

– Bon… J'arrive.

Aïssa s'est redressée dans le lit.

– Que se passe-t-il ?

– C'est ton frangin. Il a encore déconné.

— *C'est quoi cette fois-ci ?*

— *Trop bu et pris le volant.*

— *Tu vas aller chercher ?*

— *Oui. Pas le choix.*

— *Tu vas le ramener ici ?*

— *Pas question ! Ras-le-bol de ce débile. Je le balance chez lui !*

— *Quoi, tu vas remonter jusqu'à Poitiers ?*

— *Je m'en fiche. Je préfère ça. Je ne veux plus le revoir à la maison.*

Aïssa se lève. Le drap glisse sur son joli ventre arrondi. Elle traverse nue la chambre et passe dans la salle de bains où elle enfile un peignoir.

— *Ça va à nouveau se terminer au tribunal.*

— *Évidemment.*

La jeune femme s'assied sur le bord du lit et soupire.

— *On devrait peut-être lui payer un bon avocat ; celui de la dernière fois était bien.*

— *Et comme la dernière fois, une fois tiré d'affaire, ton frangin me crachera dessus, moi et mon sale fric. Je ne vois pas pourquoi on doit s'embarrasser de ce looser.*

— *... Je suis désolée, Pierre. C'est mon frère.*

— *... Mais c'est toi que j'ai épousée, pas ce con.*

— *Je sais... C'est moi que tu as épousée.*

11 juillet 2016 – tôt

Je me suis réveillé dès l'aube. Tous dorment encore. J'ai quelques heures devant moi. Sans attendre et non sans une certaine appréhension, je reprends ma lecture où je l'avais laissée hier. Nous sommes le 8 juin.

« Pierre ne donne toujours pas signe de vie.

Son portable est coupé. J'ai réussi à joindre Jean-Louis. Lui aussi est sans nouvelle. Il m'a conseillé d'appeler la police et promis de rentrer des Maldives par le premier vol. »

Jean-Louis... aux Maldives. Voilà qui m'explique pourquoi mon ex-associé n'a jamais été inquiété par l'enquête.

Aïssa poursuit.

« La police a tenté de me rassurer. De telles disparitions arrivent tous les jours, m'ont-ils expliqué. Dans la plupart des cas, les gens reviennent. J'en conclus que certains ne reviennent jamais. Et ce n'est pas fait pour calmer mes inquiétudes. D'autant que je viens de remarquer une chose qui ajoute à mon angoisse : le Lotus bleu a disparu ! »

Merde ! Mon Lotus bleu ! Voici ce qui m'avait dérangé lors de ma visite dans la chambre. Ce cadre n'était plus au-dessus du lit.

C'est une simple planche, une page de bande dessinée, mais c'est une planche originale du Lotus bleu, et elle est signée par Hergé ! C'était une folie, achetée pour plus de cent mille euros à l'époque. Le placement, c'était l'excuse ; en fait, c'est un cadeau que nous nous étions offert à l'occasion de notre anniversaire de mariage. Ce truc doit valoir aujourd'hui son petit million.

Mais je poursuis ma lecture.

« 15 juin. La police vient de me faire part des premières conclusions de l'enquête.

Le voilier de Pierre a disparu, il a emporté ses bagages, ses papiers, une œuvre originale négociable sur le marché parallèle pour une petite fortune. Et le pompon, ce que j'ignorais jusqu'à aujourd'hui, il a refilé assez de parts à son associé que pour faire de lui l'actionnaire majoritaire de Perfectum. Pour eux, tout est clair : c'est la crise de la quarantaine, une fugue d'un post-ado capricieux. »

Je soupire. Pour qui n'est pas moi, tout semble s'enchaîner logiquement : fatigué de cette vie trépidante, je décide de tout plaquer, je passe la main à mon associé, un ami de toujours, je file sur mon voilier vers d'autres cieux en emportant mon cher Lotus bleu.

Sauf que je sais que rien de tout ceci n'est vrai !

11 juillet 2016 en matinée

Nous sommes partis tous les quatre visiter Rochefort. Le port, la Corderie royale, l'Hermione. Mes parents d'adoption s'amusent comme des gosses en découvrant la reconstitution de ce fier vaisseau. L'Hermione, je la connais depuis sa naissance, alors qu'elle n'était encore qu'une simple quille autour de laquelle s'activaient quelques artisans locaux aux rêves utopiques. Puis, je l'ai vu grandir dans sa cale sèche sous les yeux incrédules des visiteurs. J'aurais tant voulu être là aussi le jour où elle s'est envolée vers l'Amérique.

Mais que ce temps est loin. À présent, j'erre sur le gaillard d'avant, la tête ailleurs, encore troublé par ce que j'ai découvert la nuit dernière, puis ce matin. Les pages du journal d'Aïssa qui suivent ma disparition sont désolantes. Elle y étale son désespoir, son sentiment d'abandon. Comment a-t-elle fait pour tenir ? Je pense que c'est Bill qui lui a permis de s'accrocher. Sans la volonté farouche qu'elle avait de le préserver, je ne sais ce qu'elle serait devenue.

Pourtant, au-delà de la détresse de ma femme, il y a dans ce récit des éléments troublants, des détails qui, mis bout à bout, me rapprochent peut-être de la vérité.

Je réfléchis.

Si Jean-Louis était à plusieurs milliers de kilomètres de là, il ne peut être directement responsable des événements du 6 juin. N'empêche que c'est bien lui qui a saisi cette occasion pour mettre la main sur ma boîte en montant de toutes pièces cette histoire de gestion de part. C'est peut-être d'ailleurs un projet foireux qu'il avait depuis longtemps dans ses tiroirs.

Autre chose. Le Lotus bleu disparu. Là aussi, il n'est pas en cause. Ce n'est qu'après deux jours qu'Aïssa l'a informé de ma disparition ; la planche d'Hergé avait déjà été volée. Donc si ce n'est pas lui, qui a pu alors pénétrer dans la maison sans déclencher l'alarme ? Une personne qui m'accompagnait ou un familier... celui qui m'a fait disparaître ? Celui qui m'a liquidé.

Mais qui ?

11 juillet 2016 - midi

Vers treize heures, nous nous décidons à aller déjeuner. Je les guide l'air de rien vers un établissement que je connais bien. C'est un restaurant sympa avec une terrasse qui fait face au port de plaisance de Rochefort.

Il y a du monde et le service peine un peu à suivre. En sirotant mon coca, je regarde distraitement autour de moi. Sur la terrasse, les touristes profitent comme nous de la vue et de l'ombre des parasols. Les habitués ont eux opté pour l'air conditionné et se sont réfugiés à l'intérieur du restaurant. Tout à coup, je sursaute. Je n'en crois pas mes yeux : au travers de la vitre, je viens d'apercevoir Jean-Louis et, me tournant le dos, Khalil. Pas d'erreur, je reconnais sa veste bordeaux posée sur le siège. Mais qu'est-ce qu'ils fichent là tous les deux ? C'est à peine s'ils se connaissent. Bien sûr, je me rappelle m'être à l'époque maintes fois épanché en présence de Jean-Louis sur les conneries de mon beau-frère. Mais l'idée n'était pas qu'ils deviennent copains.

Je ne suis qu'à quelques mètres d'eux. Je tends l'oreille. Malheureusement, il m'est impossible de percevoir le moindre mot ; leur conversation est étouffée par la vitre.

Prétextant la chaleur qui m'indispose, je propose qu'on se réinstalle plutôt à l'intérieur. Évidemment, Charlotte se rebiffe.

– Tu fais chier, Victor ! Toi et ta petite nature. On est très bien ici.

– Sois polie, Charlotte ! s'indigne Alice.

Je ronge mon frein. De quoi donc peuvent discuter Jean-Louis et Khalil ?

On nous amène nos plats. Moi, j'ai choisi les rognons. Je n'échappe pas à la remarque habituelle ; comme à chaque fois la serveuse s'étonne.

– C'est marrant, d'habitude les petits, ils n'aiment pas ça.

D'abord, je ne suis pas petit. Et puis, j'ai toujours aimé les rognons. Avant et maintenant. Ma sœur prend un air dégoûté et fait une grimace qui lui retrousse le nez.

– Ils puent tes rognons !

– C'est toi qui pues avec ton parfum à deux balles !

– Ça suffit, les enfants !

Charlotte qui veut faire la maligne a pris la planche du pêcheur et elle s'escrime avec les fruits de mer. Tiens, notre allergique se porte mieux. Moi, je déguste, lentement, je fais traîner.

Je dois trouver une occasion pour m'approcher de ces deux compères et voir ce qu'ils mijotent. Je les vois bavarder, et même rire. Ils ont l'air cul et chemise. Quand la serveuse entre et sort, quelques mots s'échappent par la porte entrouverte. « Traction avant », « chevaux ». Ils causent bagnoles. Putain ! Ils ne se sont quand même pas donné rendez-vous ici pour comparer leurs cylindrées !

Puis, c'est le dessert, le café. Le repas s'éternise.

– Alors, tu le termines ton coca ?

C'est Charlotte qui s'impatiente.

J'aspire bruyamment le fond de mon verre.

– Je dois pisser.

Elle lève les yeux au ciel.

– C'est pas vrai !

Je pénètre dans la salle du restaurant. Je veux tirer cela au clair.

Attifé avec une casquette et ces ridicules lunettes de soleil, il y a peu de chance qu'ils me reconnaissent. N'empêche, je passe à côté de leur table en regardant de l'autre côté. Hésitant, faisant mine de chercher mon chemin.

Je perçois enfin quelques bribes. Il est question de la maison et d'Aïssa. C'est Jean-Louis qui parle.

– Essaye de la convaincre, dans ton intérêt. Je la veux cette baraque.

– T'inquiète pas mon vieux. Je la travaille, tu me connais.

Il s'esclaffe, de son rire stupide que je lui connais si bien. Jean-Louis lève le bras et réclame l'addition.

Deux minutes plus tard, je regagne notre table, juste à temps pour les voir quitter le restaurant. Ils ont l'air copains comme cochons.

De savoir que ces deux-là se sont acoquinés n'est pas pour me rassurer.

11 juillet 2016 - 17 heures

En fin d'après-midi, je suis repassé chez Bill. Deux heures pendant lesquelles j'ai oublié un peu mes soucis et mes questionnements. J'ai tant de plaisir à être en compagnie de ce garçon. Pour une fois nous avons délaissé les jeux vidéo. On a discuté BD, puis films et séries TV. Apparemment, Bill est le roi du téléchargement illégal. Il a stocké sur un disque NAS 4 terabytes de vidéos, la plupart en version originale sous-titrée. Aïssa n'est évidemment pas au courant. Elle ignore sans doute aussi que son fils est un fan de *the Walking Dead* et d'*American Horror Story*. Ce ne sont pas précisément des productions Disney destinées aux enfants, mais il adore ça. C'est sans doute son côté noir. On enchaîne nos discussions sur des histoires de fantômes. Enfants égorgés qui errent dans un manoir écossais, jeunes filles dont l'âme perdue cherche vengeance. Tout cela m'a toujours laissé sceptique, mais Bill y croit dur comme fer. Il s'obstine.

– Bien sûr que c'est vrai ! Les fantômes existent !

Je ris.

–Ne ris pas ; il y en a un dans la cave ! Parfois, je sens sa présence.

Je me moque de lui.

Il fronce les sourcils.

– Eh bien, viens voir, me dit-il, ce n'est pas une blague.

Intrigué, je le suis ; il me mène au rez-de-chaussée, puis jusqu'à la petite porte sous l'escalier.

Mais là, je ne ris plus. Que m'arrive-t-il ? Dès que j'ouvre cette porte, je suis pris d'un frisson. Mon cœur se met à battre la chamade.

Je dois faire un terrible effort sur moi-même pour descendre les marches. J'en ai les jambes qui tremblent et il me faut m'accrocher fermement à la rampe.

L'éclairage fonctionne mal. Il fait sombre. Bill me désigne la chaufferie.

– Tu vois ? Il est là !

En pénétrant dans cette pièce, je suis tétanisé.

Cette odeur douçâtre, cette chaleur moite, ces traînées humides sur le sol.

Je dois partir, quitter immédiatement cet endroit. C'est une véritable peur panique qui me saisit.

– Remontons !

Bill a-t-il perçu quelque chose dans cette cave maudite ?

Moi en tout cas, j'ai compris.

Ici, on m'a tué.

12 juillet 2016

Ces vacances sont passées trop vite. Trop vite pour le plaisir que j'avais à retrouver ma ville, à revoir les miens. Trop vite aussi pour mon enquête qui maintenant piétine.

Pour ce qui est de ce gredin de Jean-Louis, celui qui a cru pouvoir mettre ma famille sur la paille, je mûris des projets de vengeance. Surtout, je voudrais rétablir la vérité. J'ai quelques idées. Il me reste à lui mijoter un tour de derrière les fagots. Il va tomber de haut le bel oiseau.

Mais ce n'est pas cela qui me préoccupe le plus.

Il y a maintenant huit ans, un 6 juin au soir, je suis rentré chez moi et quelqu'un m'attendait. Quelqu'un m'attendait et je ne suis pas reparti vivant.

D'ailleurs... mais oui : où est le corps ? Ma voiture était là, écrivait Aïssa. Si c'était le cas, elle bloquait l'entrée. Pas d'accès possible pour un autre véhicule. Pas de place de parking non plus devant la villa. Pas facile dans ces conditions, alors qu'il faisait encore jour, d'évacuer discrètement un corps de près de cent kilos.

J'en suis certain : le cadavre est encore là, sous les yeux des habitants de cette maison.

Et celui qui a ce meurtre sur la conscience, non content de mettre en scène ma fuite, s'est en plus barré avec mon Lotus bleu.

Une fois n'est pas coutume, j'ai passé la matinée à la plage, les doigts de pied en éventail, espérant que cette oisiveté serait en mesure d'éclairer ma lanterne.

Nous avons établi notre campement entre un couple d'Anglais, tous les deux rouges comme des homards, et une famille de Parisiens qui exhibent avec une indifférence feinte leurs muscles et leurs tatouages. Ils sont affligés de trois marmots qui font des allers-retours vers la mer, ramenant successivement une méduse, de vieilles bouteilles en plastique et un crabe crevé. Cette plage est surpeuplée, mais n'empêche, c'est si bon de rester étendu sous l'ombre d'un parasol, tartiné de crème solaire, une boîte de coca à portée de main. Je ferme les yeux. Les bruits autour de moi s'estompent. J'aimerais que le temps s'arrête. Rester pour toujours dans cette bulle où je flotte, comme porté doucement par un souffle tiède.

Mais quelqu'un se penche sur moi. Des yeux noirs me fixent, remplis de haine.

– Alors, on fait moins le fier !

Je me redresse d'un coup.

J'ai rêvé. Je m'étais endormi.

En réalité, c'est Charlotte qui m'interpelle.

– Tu ne viens pas dans la flotte, au lieu de jouer les lézards ?

Je me relève. J'ai la bouche sèche. Encore un cauchemar. Des yeux noirs. Mais ceux de qui ?

Je pense à mon beau-frère Khalil, à ce brave Ahmed également. Tous deux ont accès à la maison. Si ce n'est pas Jean-Louis mon assassin, pourquoi pas eux ?

Mais non, c'est impossible.

…

Enfin, peut-être pas tant que cela.

Tous deux me détestent, en tout cas ils détestaient Pierre Fortin ; je ne sais pourquoi, mais je le sens. Alors, ma piste, la voilà peut-être. Mais comment faire sortir de l'ombre ce visage flouté ? J'ai rejoint la mer et je m'égare au milieu des baigneurs. La fraîcheur de l'eau achève de me réveiller.

Insidieusement, une idée me vient à l'esprit.

Celui qui a dérobé ma planche du Lotus bleu l'a probablement revendue. C'est un joli petit pactole. Si c'est l'un de mes deux gaillards, il devrait avoir vu son niveau de vie s'améliorer considérablement. Cela ne doit pas passer inaperçu.

Sans plus tarder, je prétends être à nouveau indisposé par le soleil et je rentre à l'appartement.

L'ordinateur m'attend. Il semble s'ennuyer à mourir depuis son arrivée sur notre lieu de vacances. Il faut dire qu'à part moi, toute la famille le délaisse.

Lorsque je l'allume, le disque dur en ronronne de plaisir. Mais pas le temps de faire du sentiment, car j'ai du pain sur la planche.

Et je pars en chasse sur le net. La connexion n'est pas très bonne. Le moteur de recherche rame un peu et je peine à refréner mon impatience.

Je commence par Khalil. Inutile d'être un hacker pour tout savoir à son sujet. Sans réserve ni complexe, il affiche sa petite vie et sa grande gueule à la planète entière. Son profil Facebook est ouvert à tout vent. J'apprends ainsi qu'il a acquis un coupé sport, qu'il a bouclé hier une croisière de deux semaines en Méditerranée, qu'il a chopé un mal de tête et qu'il a explosé son score sur Candy Crush.

D'où lui vient ce fric pour cette bagnole, pour cette croisière ? Mon Tintin ?

Pas sûr.

Car je découvre plus loin qu'il vient d'épouser une certaine Sabrina, fille d'un entrepreneur bordelais. Pauvre petite. Tous mes vœux de bonheur. Il semble que cette jeune dame a de l'argent. Cette soudaine aisance ne prouve donc rien. Mais elle ne l'innocente pas non plus.

Un peu perplexe, je passe au deuxième de mes suspects.

Ahmed.

Contrairement à Khalil, Ahmed Sbihi est un homme discret. Peu de traces de lui sur Internet. Si ce n'est qu'il est secrétaire d'un club de voile. Je retrouve là son adresse email, une photo de lui avec une casquette de capitaine, et les statuts de son club. Par contre, un peu plus tard, je découvre qu'il y a à Marrakech un Ahmed Sbihi, propriétaire d'un riad dans la médina. Une coïncidence ? Ou ce brave Ahmed a-t-il une double vie ?

Il me faut l'avouer, je m'attendais à découvrir au sujet de l'un de ces deux individus quelque chose de plus probant, une révélation, style une fortune subite et incompréhensible. Et je reste sur ma faim. Je n'irai pas très loin avec cela et cette piste ne mène à rien.

Je dois trouver autre chose.

13 juillet 2016

Aujourd'hui, promenade en mer. Je retrouve mon élément, même si ce n'est qu'un parfum d'océan, un ersatz de nautisme. Vu les circonstances, pour le moment, je m'en contenterai.

Nous avons embarqué sur une vedette avec une cinquantaine de touristes. Le soleil les tient calmes sous leurs casquettes et leurs chapeaux. Presque tous. À mes côtés, il y a un couple d'une trentaine d'années. Leur gamin qui doit confondre notre rafiot avec un galion pirate s'obstine à hurler « à l'abordage » en se penchant dangereusement par-dessus le bastingage. Les parents laissent faire. À mon avis, ils comptent s'en débarrasser en haute mer.

Charlotte joue à Titanic et se prend un selfie sur la proue. Elle aussi en équilibre instable.

Comme d'habitude, dès que ça bouge un peu trop, Alice est malade. C'est pourtant mollement que notre esquif dodeline sur les flots. Nous sommes loin d'une mer déchaînée, mais cette charmante personne a l'estomac fragile.

Nous rendons visite au phare de Cordouan. Dressé sur son banc de sable, il semble somnoler et nous remarque à peine.

Je suis accoudé au bastingage, profitant de chaque minute de cette balade sur l'océan. D'heureuses retrouvailles. La mer qui m'éblouit, les embruns qui me fouettent le visage. Les yeux pleins de soleil, je rêvasse. J'aime ces moments où mon esprit s'égare.

Nous laissons le phare à sa solitude et remontons l'estuaire de la Gironde. Le temps est vraiment agréable. Le pilote nous fait ses petits commentaires ; les carrelets, les habitations troglodytes. Je connais tout cela, déjà, pourtant, je le réécoute avec plaisir.

Nous croisons quelques voiliers, et même des véliplanchistes qui nous saluent en passant. Arrivés en vue de Talmont, le temps d'apercevoir l'église Sainte-Radegonde, nous faisons demi-tour. Et après une demi-heure, c'est déjà le retour au port.

Trop court.

En descendant, je me fais bousculer par les parents de l'apprenti flibustier. Ils ont dû oublier de larguer leur moutard, car celui-ci fait toujours autant de bruit. C'est idiot, mais ce galopin qui se fait passer pour un pirate me donne une idée... un énorme coup de bluff, mais qu'est-ce que je risque ?

Profitant de ce qu'Alice et Charlotte sont parties faire les courses, je monopolise à nouveau le PC. Je me connecte sur la boîte aux lettres d'une adresse mail que j'ai créée via un serveur russe. Elle est impossible à tracer et c'est celle que j'utilise habituellement pour mes transactions un peu foireuses.

Mes doigts courent sur le clavier.

« Cher Monsieur,

Un ami proche vient de me présenter sa planche de H. dont il a fait l'acquisition grâce à vous. Je serais très intéressé si vous pouviez m'en proposer une du même type. Je suis prêt à y mettre les moyens ; votre prix sera le mien.

Bien entendu cette transaction se fera en toute discrétion.

V. »

Je relis mon texte à plusieurs reprises. Puis, satisfait, je le libelle à deux adresses. Celle de Khalil que j'ai trouvée sur sa page Facebook, et celle d'Ahmed qui est mentionnée sur le site de son club de voile. Rien à perdre. Je clique sur « send ».

Alea jacta est.

Je me sens fébrile. Il va m'être difficile de ne pas passer les prochaines heures à guetter le contenu de ma boîte aux lettres. Pourtant autour de moi, en cette veille de 14 juillet, c'est déjà la fête. Dans le quartier tout le monde semble s'être donné le mot : c'est soirée barbecue. Cela fume de partout et les bruits de vaisselle, de bouteilles et des meubles de jardin qu'on installe laissent présager le pire. J'ai horreur pour ma part de cette sorte de coutume tribale qui consiste, dès que les soirées sont tièdes, à se vautrer sur une terrasse pour s'empiffrer de viande trop ou trop peu cuite et dégoulinante de graisse. L'usage veut aussi qu'on arrose le tout de bière et de pinard, ce dont je suis à mon âge officiellement et heureusement dispensé. La fumée du barbecue a envahi le salon et déjà Albert a réussi à se brûler. Ce qu'il lance vigoureusement en arabe doit être une sorte de prière au Tout-Puissant. Tandis qu'Alice lui applique de la crème sur la main, je mets la table et ranime le feu qui s'étouffait. Cela fait, je m'installe avec les autres. C'est vrai qu'il fait doux et qu'on est bien dehors. Les voisins doivent être une vingtaine à festoyer. Ça crie, ça rigole, ça boit beaucoup aussi sans doute. Ambiance.

Par nécessité alimentaire, je me soumets au rituel de la viande brûlée. C'est le temps d'avaler d'une brochette et de siffler un ou deux Coca-Colas. Puis, me retirant dignement, je monte dans ma chambre en abandonnant parents et voisins à leur fête barbare.

2008 : 4 janvier

J e remonte lentement l'avenue Émile Zola. Il pleut, il fait doux. Drôle de temps pour un mois de janvier. Un peu pathétiques, des illuminations de Noël sont restées allumées dans l'une des maisons voisines, mais la plupart des villas semblent sans vie. Ceux qui étaient venus passer leur réveillon ici sont repartis et ont repris le travail. Nous ne reverrons pas du monde dans le quartier avant longtemps.

Je m'arrête devant la villa et en m'abritant sous ma veste tant bien que mal, je sors de la voiture pour aller ouvrir le portail. Je remarque alors un homme qui s'éloigne, courbé sous un parapluie. Un parapluie rouge et noir aux couleurs de Perfectum... mon parapluie. À sa démarche, j'ai reconnu Ahmed. Décidément, il n'est pas gêné, celui-là.

Je range l'auto, referme la barrière et gravis rapidement le perron. La porte se reclaque derrière moi dans un bruit sourd.

– C'est toi, chéri ?

La voix d'Aïssa me parvient depuis le salon.

– Oui, c'est moi.

– Tu es tard.

Ce n'est pas un reproche. À peine un regret.

– Je sais... temps de merde. Je me suis traîné tout le trajet depuis Paris.

J'accroche ma veste humide au porte-manteau et rejoins Aïssa dans le salon. Je l'embrasse, puis examine rapidement le courrier posé sur le buffet. Des factures, le programme des prochaines représentations à la salle de spectacle rue Gambetta, une carte de mes beaux-parents.

– C'est toi qui as donné mon parapluie à Ahmed ?

– Je lui ai prêté. Il pleuvait.

– Je n'aime pas ça. S'il veut un parapluie, il n'a qu'à se l'acheter. On le paie assez cher pour ses services.

Aïssa ne répond pas. Je ne suis jamais de bonne humeur quand j'ai fait des heures de route. Elle patiente. Ça me passera. J'essaye de m'intéresser.

– T'as fait quoi, aujourd'hui ?

– Pas grand-chose.

– Tu n'es pas sortie ?

– Par ce temps ? Avec le petit ?

Suit un silence que trouble à peine le tic-tac de l'horloge du hall. Les minutes passent. Je décompresse. Je mangerais bien un morceau. Je pourrais appeler la baby-sitter et emmener ma femme au resto. Mais je n'ai pas le courage. Demain.

Aïssa fixe absente les bûches qui crépitent dans le feu ouvert.

– Je devrais peut-être chercher un job.

Elle m'a lâché ça comme dans un souffle.

– *Mais pourquoi ? On n'en a pas besoin. Mes revenus suffisent largement.*

– *Ce n'est pas une question de revenus. Il y a des jours comme celui-ci où je m'ennuie à mourir.*

– *T'ennuyer ? Mais tu as Bill, la maison, et il y a plein de choses à faire ici à Royan.*

– *C'est toi qui le dis.*

Puis, Aïssa se tait, comme à chaque fois où elle cherche à éviter une dispute. Je passe à la cuisine me servir un verre de vin rouge. Je n'aime pas ces discussions stériles. Ma femme n'est pas raisonnable ; elle devrait profiter de ce qu'elle a au lieu de s'inventer des problèmes. Mais comment lui faire comprendre sans la blesser ?

Nuit du 13 au 14 juillet 2016

Impossible de fermer l'œil. Trop de Cocas ! Au-dehors, les cris et les rires ont cessé depuis long-temps. Je recherche à tâtons ma montre sur la table de nuit ; elle affiche trois heures. En vain, je me tourne, me retourne dans mon lit, puis n'y tenant plus, je me lève et je m'habille.

Je suis décidément un oiseau de nuit.

Progressant avec la discrétion d'un fantôme, je traverse le salon. Le couloir des chambres me renvoie seulement l'écho d'Albert qui ronfle doucement comme un vieux moteur diesel. La porte vitrée du séjour glisse sans bruit et personne ne m'entend quitter l'immeuble. La rue qui mène au front de mer est vide de toute présence. Paisible, je m'éloigne sous la lumière orangée de l'éclairage public et rejoins la plage. J'ai les pieds dans l'eau, un vent léger me caresse le visage. Il fait si sombre que je perçois à peine l'éclat de l'écume des vaguelettes qui viennent mourir sur la plage. Tandis que je marche, mes chaussures à la main, je vois l'horizon bleuir peu à peu. Le jour se lève et aujourd'hui peut-être, il sera mis un point final à toute cette histoire.

Ma promenade s'éternise.

Vers sept heures, quand je rentre à l'appartement, tous dorment encore. Je n'ai nulle envie de remonter me coucher. Je m'installe au salon pour attendre les autres. Alors, je me prépare un café. Personne n'a pensé à lancer le lave-vaisselle qui déborde. Je récupère ma tasse de la veille et la passe sous l'eau chaude. La machine à expresso chuinte doucement avant de me dispenser un long filet de liquide chaud. Je touille dans mon café. Il a un goût amer, mais ce n'est pas pour me déplaire.

Vers sept heures, un jeune gars vient déposer devant la porte vitrée un sac avec des petits pains et des croissants. Cela faisait partie de l'option VIP que j'avais négociée.

L'heure tourne ; mes dormeurs ne donnent toujours pas signe de vie et je commence à m'ennuyer ferme.

Histoire de patienter, j'allume l'ordinateur et, par curiosité, j'ouvre ma messagerie. Sait-on jamais, l'un ou l'autre de mes correspondants pourrait avoir mordu à l'hameçon. Et là, une bonne surprise m'attend ; j'ai du mal à y croire, mais il y a deux réponses à mes mails.

La première ne m'étonne pas trop.

« Qu'est c'que tu m'jactes avec ta planche de H. ? C'est quoi c'embrouille ? Une histoire de shit ? Lâche-moi Ducon ! »

Innocent, voilà sans doute comment j'aurais répondu à une telle requête. En termes plus élégants, bien entendu.

Bon. Cela ne garantit pas formellement que l'intéressé soit blanc comme neige. Pourtant, une réaction aussi spontanée me donne à penser qu'il est étranger à ce crime.

Je songe maintenant à cet autre mail qui s'affiche dans ma boîte aux lettres.

C'est un texte anodin, mais les mots que je découvre me glacent et en les parcourant, je me mets à trembler. Car entre les lignes de ce message, c'est mon meurtre que je lis, écrit en lettres de sang.

« Monsieur.

Je ne veux plus rien avoir à faire avec cela. Je n'ai rien à vous proposer et vous rappellerez à votre ami qu'il était bien convenu entre nous qu'il ne révélerait à personne l'origine de ce dessin.

Inutile d'insister. Oubliez-moi ! »

Il est tombé dans le panneau !

Pouvait-on dire les choses plus clairement ?

Le voilà donc mon voleur. Le voilà donc l'assassin. Merci pour ces aveux.

Ce message n'est pas signé, mais l'adresse mail ne laisse aucun doute sur l'identité de l'expéditeur.

Ahmed.

Ce brave Ahmed... Mon tueur.

14 juillet 2016 au matin

Aujourd'hui, c'est vraiment la fête.

Mon enquête est terminée et les choses sont claires :

Khalil est un petit con, Jean-Louis est un salaud ... Ahmed, un assassin.

Chacun a tenu son rôle dans cette pièce sordide.

Mais comment confondre les deux dernières de ces crapules ?

J'ai pensé à une dénonciation anonyme... qui y croirait ? Tant d'années après, personne n'accorderait du crédit à la subite éclosion d'une vérité hypothétique. On ne rouvre pas si facilement un dossier comme celui-là. Il faut quelque chose en béton.

Soudain, j'ai une véritable illumination.

Il a bien quelqu'un qui est en mesure de convaincre la police, quelqu'un qui sera crédible aux yeux de tous, quelqu'un dont nul ne pourra mettre en doute le témoignage.

Ce quelqu'un, c'est Pierre Fortin.

Et je sais déjà comment émettre cette dénonciation d'outre-tombe.

Je remonte dans la chambre et récupère le journal d'Aïssa que j'avais dissimulé sous mon matelas.

Sur une feuille de papier, je fais quelques essais. En classe, je suis contraint de contrefaire ma belle écriture. J'écrase les voyelles, je ratatine les consonnes et altère les signes de ponctuation. Quelques taches parsèment le tout et c'est du plus bel effet.

Mais je peux maintenant le constater, quand je cesse ces gamineries, mon écriture est toujours égale à elle-même. De jolies majuscules aux formes arrondies, des lettres fermes et régulières.

Rassuré, j'ouvre alors le journal sur l'une des dernières pages restées vierges. Puis, je prends mon souffle et pose mon stylo sur le papier blanc... Il se met à y courir presque tout seul.

« Aïssa, mon ange,

Pardonne-moi cette intrusion dans ce journal, mais il est des choses que je dois te confier et que je ne sais comment te dire. Mon travail m'épuise, pire, je me rends compte qu'il m'éloigne de toi. Je m'en veux pour cette solitude que, bien malgré moi, je t'impose, mais je suis rongé par les soucis. Parfois même, c'est comme une peur ou une angoisse qui m'étreint. J'ai tout fait pour t'en préserver, pourtant, aujourd'hui, je craque. Tu n'imagines pas, par exemple, ce à quoi Jean-Louis serait prêt pour mettre la main sur ma boîte. Voilà des semaines qu'il me harcèle. Jamais je ne lui céderai les parts qu'il me réclame, mais j'ai bien peur qu'il ne me mijote un sale coup avec son copain de notaire, Maître Duvivier ! Je m'attends à tout : faux en écriture, cessions bidon. Rien ne l'arrêtera. Je ne lui fais plus aucune confiance. Je le soupçonne même de s'être rapproché de ton frangin afin de nous nuire.

Et si tu penses qu'à la maison je me sens plus en sécurité, tu te trompes !

Ce très cher Ahmed, sous son gentil sourire est un vrai démon. Dernièrement, je l'ai surpris dans notre chambre à contempler notre Lotus bleu. Je lui ai demandé ce qu'il faisait là et en quoi cette planche l'intéressait tant. Il l'a très mal pris. Il m'a même menacé. Tu aurais dû voir son regard. À cet instant, s'il avait pu, il m'aurait tué et qui sait, peut-être enterré ensuite sous cette piscine qu'il a promis de nous installer dans le jardin. Cet homme est dangereux et c'est décidé, quoi qu'il m'en coûte, demain, je lui donnerai son congé. Je sais qu'il le prendra très mal.

Ne crois pas que je sois paranoïaque. Ces gens nous veulent du mal et je constate avec peine qu'obsédé par ces menaces, je te néglige.

Quoiqu'il arrive, ne l'oublie pas : jamais, je ne vous quitterai. Je t'aime de tout mon cœur, toi et Bill, ce fils dont je suis si fier. »

À la fin de cette lettre, mon stylo reste un instant suspendu, puis je signe. La plume crisse doucement sur le papier

« Pierre.

Royan, le 6 juin 2008. »

Je referme mon stylo et contemple mon travail, ému… et satisfait.

Le meilleur des graphologues ne pourra que confirmer : ce message post mortem est bien de la main de Pierre Fortin. Aucun doute possible !

Reste une chose : m'assurer que ce testament antidaté arrive entre les mains d'Aïssa, et surtout, m'assurer qu'elle le lise.

14 juillet 2016 après-midi

Nouvel après-midi chez Bill. L'un des derniers. Après-demain, nous partons. Je ne dois pas me planter ; il me reste très peu de temps pour transmettre à qui de droit ma dénonciation anonyme.

J'ai emporté le journal, dissimulé dans mon sac de plage, et je fais l'impossible pour m'approcher discrètement de la chambre d'Aïssa. C'est là que je compte monter ma petite mise en scène. Hélas, toutes mes tentatives sont vaines. Tantôt, c'est Bill qui me tient la jambe, tantôt, Aïssa qui circule dans les parages. Je ne peux pas risquer qu'elle me prenne en flagrant délit. Tout mon stratagème tomberait à l'eau.

Nous passons finalement le plus clair de notre temps autour de la piscine à nous enfiler des citronnades et Bill ne semble avoir aucune envie de remonter dans sa chambre.

L'après-midi s'écoule trop vite. Quand il est l'heure de partir, j'ai toujours ce maudit journal planqué dans mon sac.

Il me reste à peine deux jours pour parvenir à mes fins. Après cela, il sera trop tard et je devrais imaginer d'autres manigances sans doute moins convaincantes.

Nous allons nous quitter quand Bill me retient par la manche.

— Tu fais quelque chose demain ?

— Non, pas que je sache.

— Alors, je t'invite ! C'est le grand jour !

— Le grand jour ?

— Mon anniversaire ! Demain, j'ai neuf ans.

Mais bien sûr... le 15, comment ai-je pu oublier ? Bill allait avoir un an quand je suis parti.

Je souris bêtement.

— Alors, tu viendras ?

— Oui, rien ne me ferait plus plaisir.

— Il y aura des copains de ma classe, mon oncle Khalil, et ma tante Nadia, également. Elle est marrante.

Effectivement, pas de risque d'oublier cette chère Nadia, une vieille tante d'Aïssa complètement barge. Avec elle, l'ambiance est garantie.

— ...Puis, il y aura aussi nos voisins les Hubert et un ami de maman. C'est à trois heures.

— J'y serai !

Je m'éloigne en sautillant. La voilà l'occasion que j'attendais désespérément pour commettre mon forfait en toute impunité.

Mais au fait, qui est donc le copain de sa mère dont Bill a parlé ? Qui est ce type ?

Ma bonne humeur disparaît soudainement.

Alors que je regagne l'appartement, le ciel s'est couvert, puis tombent les premières gouttes d'une pluie grasse et chaude qui achève de me déprimer.

15 juillet 2016

J'ai un peu l'air d'un con quand je me présente sur le perron de la Villa des Hirondelles. Je disparais presque derrière cet énorme paquet-cadeau. C'est Alice qui a insisté.

– Tu ne vas quand même pas offrir à ton copain un de ces stupides jeux vidéo ?

Non, effectivement, j'ai d'autres projets. Mon vrai cadeau, c'est ce cahier rouge dissimulé sous mon tee-shirt. Mais voilà, Alice y tenait.

– C'est quand même avec lui que tu as traîné toutes les vacances !

Bon, il reste à espérer que Bill ne possède pas déjà un drone équipé d'une caméra HD !

L'entrée de la villa est décorée avec des ballons. C'est un peu kitsch, mais au moins on est sûr d'être à la bonne adresse.

Je sonne.

Honte totale, c'est Aïssa qui m'ouvre la porte.

– Oh, mais comme c'est mignon ! Entre, Victor !

Elle m'embrasse sur le front.

Je voudrais mourir !

Elle met toujours ce même parfum. Celui qui m'avait fait tourner la tête.

Mais Aïssa me pousse parmi la bande de mioches qui a envahi la maison. Tous les gamins du quartier semblent s'être donné rendez-vous ici. Ça court, ça crie, ça hurle de partout.

Une chaîne Hi-Fi installée dans le hall nous déverse du Violetta et du Britney Spears. Rien ne me sera épargné aujourd'hui.

C'est au tour de Bill de m'accueillir.

– Je suis content que tu sois là.

Puis, il aperçoit mon paquet.

– ...Waow, t'as même un cadeau ! Fallait pas.

Il le déballe et il semble comblé. Il avait bien un drone, mais qui est resté sur le toit de la maison voisine. Bill me présente quelques-uns de ses copains, puis se remet à courir avec les autres, je me joins à eux en guettant l'occasion. Sous mon tee-shirt, il y a le journal d'Aïssa que je me suis fixé autour du torse avec une bande Velpeau. Il faut que j'arrive à monter discrètement à l'étage.

Par la porte du salon grande ouverte, j'aperçois les adultes qui discutent. Khalil trône au milieu de tout ce beau monde. Il pose avec une grande blonde, pâle et coiffée avec un pétard. Je suppose que c'est sa fameuse Sabrina. La tante Nadia, égale à elle-même, a déjà un verre dans le nez. Elle doit leur raconter cette histoire mille fois entendue de son voyage au Yémen au cours duquel elle aurait été enlevée par un émir. À moins que ce ne soit son naufrage sur l'Amazone après lequel elle fut recueillie en petite culotte par les Indiens guaranis.

Tous rient de bon cœur.

Un type est aux côtés d'Aïssa, négligemment assis sur l'accoudoir. C'est un homme plutôt grand, la quarantaine, quelques cheveux blancs, un sourire Pepsodent. Cette espèce de bellâtre lui met la main sur l'épaule, avant de se pencher et de l'embrasser.

Je vais le tuer.

Mais ce salaud est sauvé par le gong. Échappant à son étreinte libidineuse, Aïssa se lève. Puis, claquant des mains, elle nous invite à la rejoindre dans la véranda. C'est là que se tient l'incontournable cérémonie du gâteau. Il s'agit en l'occurrence d'une énorme pièce en chocolat décorée de crème fraîche et de Smarties. À n'en pas douter un nouveau chef-d'œuvre culinaire d'Aïssa. « Bill, 9 ans » annoncent les lettres colorées. L'intéressé souffle les bougies avec tant d'énergie que l'une d'entre elles s'étale dans la crème.

La pâtisserie disparaît en quelques minutes, engouffrée par cette quinzaine de petits affamés.

Puis, toute la marmaille se disperse dans la maison pour une gigantesque partie de cache-cache.

Je bénis cette pluie providentielle qui nous oblige à rester à l'intérieur. Je me rends avec d'autres à l'étage et, feignant de rechercher une cachette, je pénètre dans la chambre d'Aïssa. Dans toute cette animation, mon intrusion passe inaperçue.

Quelques instants plus tard, je ressors discrètement de la chambre, soulagé de m'être débarrassé de ce journal qui me collait à la peau.

Mon coup fait, je ne rêve que d'une chose, m'échapper au plus vite de cette fête désolante. Je traîne encore une heure à feindre de jouer avec les autres, puis je m'éclipse en douce. Au passage, je remercie Bill et m'excuse en expliquant que je dois encore préparer mes bagages.

Finalement, c'est très satisfait de moi-même que je m'éloigne de la Villa des Hirondelles.

Ce soir, après avoir rangé les gobelets en carton et les ballons de couleur, Aïssa ne comprendra sans doute jamais ce que faisait le contenu de son tiroir éparpillé sur le sol.

Pas plus qu'elle ne saisira comment cette page terrible sur laquelle est ouvert son journal a pu lui échapper pendant tant d'années.

2008 : 6 juin

Mon travail me tue. Les auditeurs pendant deux jours, puis l'offre pour le New York Stock Exchange, avec une liste de questions techniques à n'en plus finir. Et par-dessus tout cela, l'Urssaf qui me tombe dessus. Et c'est comme cela depuis des mois.

Je pensais passer la nuit au bureau, mais vers dix-sept heures, miracle, tout s'est éclairci. Le contrôleur de l'Urssaf s'est éclipsé satisfait, les auditeurs ont remballé leurs dossiers et j'ai pu boucler mon dossier avec les réponses à l'appel d'offres.

C'est donc de bonne heure que j'ai pris la route pour Royan. Les journées sont longues. J'y parviendrai bien avant la nuit.

Je bloque le régulateur sur 140 km/h. Le GPS décompte les kilomètres. Je passe Orléans, Tours, puis Poitiers. Un radar me surprend en plein dépassement. Je suis frais pour une nouvelle amende de troisième classe. Bah... Perfectum paiera.

Vers neuf heures, j'arrive à Royan. La ville est calme. Je remonte lentement l'avenue Émile Zola avant de ralentir à hauteur de la maison. Je parque ma voiture dans l'allée ; le gravier chante doucement sous les *pneus, un bruit familier qui me souhaite la bienvenue.*

Il y a de la lumière à l'étage et je constate en entrant que l'alarme est débranchée. Pourtant, Aïssa n'est pas là. C'est Ahmed que je surprends dans le hall. J'ai horreur de le voir traîner dans chez nous sous n'importe quel prétexte. Je ne sais pas pourquoi, mais je l'ai pris en grippe. Je ne supporte plus de voir ce type qui trottine dans toute la maison comme un cancrelat.

— Bonsoir, monsieur Pierre.

— Bonsoir Ahmed. Que se passe-t-il ?

Il paraît mal à l'aise et hésite un instant avant de me répondre.

— Il y a un problème d'eau, mais ce n'est pas grave.

— Ah bon ? On a refait presque toute la plomberie ! Montrez-moi ça.

— Ce n'est pas grave, je vous dis.

J'insiste.

— Où est-ce exactement ?

Je vois que cela l'embête. Il se résigne.

— Suivez-moi, je vais vous montrer.

Nous passons la petite porte sous l'escalier et descendons dans la cave ; il m'entraîne vers la chaufferie.

— Voilà, c'est là. Le tuyau sur la gauche. Je m'approche et passe la main sur la canalisation. Elle est sèche.

— Je ne vois rien.

Quand je me retourne, j'ai à peine le temps d'entrevoir Ahmed, un marteau à la main.

Il est trop tard. Le choc est terrible. Ma tête explose littéralement et je m'effondre.

Tout s'éteint.

C'est fini.

Ahmed se penche sur le corps, ses yeux noirs remplis de haine.

— Alors, on fait moins le fier !

Mais sa rage passée, Ahmed angoisse. Ça n'était pas prévu ; pas si vite, et pas comme cela. Il va falloir improviser, et rondement. La patronne pourrait rentrer d'une minute à l'autre.

Après un instant d'hésitation, il traîne le corps par les pieds dans l'escalier, puis au travers du salon jusqu'au jardin. Les fondations en cours pour la nouvelle piscine semblent avoir été creusées tout exprès pour accueillir le corps.

Ahmed y bascule le cadavre qui s'étale mollement dans un bruit mat. En quelques minutes, il a disparu sous les pelletées de terre. Inutile de creuser trop profondément ; on y coule le béton demain.

« Adieu ! Va pourrir en enfer, ton sale pognon ne t'aura pas sauvé. » Des années de rancœurs inassouvies sont enfin vengées. Ce Pierre Fortin était un parvenu que sa soudaine aisance avait rendu d'une arrogance insupportable. Ce yacht, cette voiture et surtout cette villa qu'il avait pour ainsi dire escroquée aux braves époux Martin.

De retour dans la villa, Ahmed s'empare du sac resté dans le vestiaire et monte dans la chambre. Il y jette en vrac quelques vêtements. Il va quitter la pièce, quand il hésite. La bande dessinée encadrée au-dessus du lit. Ce gribouillis a de la valeur, paraît-il. Fortin s'en était vanté. Plusieurs fois, Ahmed avait pensé le voler ; c'est l'occasion où jamais. Il se paierait ainsi de toutes ses frustrations. Il le décroche et l'ajoute au contenu du sac.

Cela vient parachever le plan qu'il mûrit dans sa tête : simuler la fuite de Pierre Fortin.

Rapidement, il quitte la villa. Il balance dans le coffre de sa Peugeot le sac et son précieux contenu, puis, vide les lieux en direction du port.

Là, le plus dur reste à faire.

Le passe qui était dans le portefeuille de Pierre Fortin lui donne accès au port de plaisance. Il commence à faire sombre, le temps est gris ; personne ne le remarque. Sans peine, il retrouve au milieu des bateaux le yacht « Perfectum » qui oscille doucement avec la houle. Un onze mètres aux lignes élégantes, une occasion achetée par son patron il y a deux ans. Ahmed largue les amarres et quitte discrètement la rade.

La mer est calme. Lentement, le Perfectum disparaît dans la nuit. Ahmed l'emmène pour un dernier voyage.

Dans cette petite anse où il coulera, personne jamais ne le retrouvera.

16 juillet 2016

Il pleut. De grosses gouttes qui s'écrasent pesamment sur le sol.

Cette pluie ajoute un peu de tristesse à nos derniers jours de vacances, mais elle rend ainsi un peu moins insupportable l'idée de notre retour.

Pour la dernière fois, je parcours les quelques rues qui conduisent à la Villa des Hirondelles.

Je marche lentement, je traîne, me laisse distraire. Comme si je cherchais à retarder l'inéluctable... cette ultime visite à ma famille d'avant.

Face à la villa, stationne une voiture noire équipée d'un gyrophare. Il y a aussi un van dont vient de descendre un homme en combinaison blanche.

Je m'arrête devant l'entrée du jardin ; celui-ci est en ébullition. Des gens vont et viennent, certains en uniforme. Une petite excavatrice a tracé son chemin au travers des parterres et du gazon où elle a laissé de longues traînées boueuses. Je l'entends qui s'active à l'arrière de la villa.

Bill est seul, assis sur les marches du perron. Au-dessus de sa tête flottent tristement deux ballons de la veille. La fête est finie.

Quand Bill m'aperçoit, il se lève et vient vers moi. Je l'interroge.

– Qu'est-ce qui se passe ici ?

– La police est là.

Ce n'est pas une surprise, mais je fais comme si.

– La police ?

– Ils ont arrêté Ahmed, et aussi Jean-Louis.

– Mais pourquoi ?

Il est étonnamment calme.

– Ça a à voir avec la mort de papa. Maman a retrouvé une lettre de lui. Elle dit que ce sont eux qui ont fait le coup. Elle a appelé les flics. Ils ont retrouvé des affaires de mon père chez Ahmed.

Oui, mon sac de voyage. Il l'a gardé. Il n'aurait pas dû. Je n'imaginais pas que les choses puissent se dénouer si rapidement.

– Que font les flics avec cet engin dans ton jardin ?

Bill poursuit, toujours aussi calme.

– Ils creusent. Je pense qu'ils cherchent le corps de mon père... sous la piscine. Ahmed a dit qu'il y était enterré.

À l'annonce de cette nouvelle, je me sens curieusement soulagé. Comme délivré d'un poids énorme. Bill, lui, fixe distraitement la pelouse ravagée par la pelle mécanique.

Je lui mets la main sur l'épaule.

– Je suis désolé, Bill. Qu'est-ce que tu vas faire ?

– J'attends ma tante ; elle va venir me chercher. Maman doit encore parler avec la police.

Puis, il me regarde, les yeux tristes.

– Tu reviendras l'année prochaine ?

– Oui, certainement.

Mes mots sonnent vides, creux. Je n'y crois pas moi-même.

Non, je ne reviendrai pas. C'est un déchirement, une perte irréparable, mais j'y ai bien réfléchi ; cela me taraude depuis deux jours... Je vais laisser cette famille dans laquelle je n'ai plus ma place. Revoir ma femme avec un autre type, fréquenter un fils qui aurait mon âge. Tout cela m'est trop pénible. Je ne pourrai plus jamais me retrouver dans ce monde décalé.

Et puis, d'avoir remué tant de boue m'a écœuré. Je n'en avais pas conscience, mais ces dernières années, j'avais une petite vie bien tranquille. Un monde que je regardais un peu de haut, mais qui me foutait une paix royale. Me poser toutes ces questions n'a rien fait d'autre que de m'entraîner dans un tourbillon de souvenirs amers et de remords.

Je n'en puis plus. Cette histoire reconstruite m'étouffe. Tout est déjà arrivé. La pièce est finie. J'y ai joué mon rôle jusqu'au bout. Et au-delà. J'ai réparé les dégâts, sauvé les meubles. Je suis libéré. Aïssa, et plus tard, Bill reprendront en main Perfectum. Je n'ai aucun doute qu'ils auront vite fait de redresser la situation. Ahmed et sans doute Jean-Louis moisiront un bon moment en prison. Quant à Khalil, ne pèseront sur lui que des soupçons ; mais avec son joli casier de petit délinquant, il sera bien obligé de se tenir à carreau s'il ne veut pas interrompre prématurément son idylle avec sa blondasse.

Les choses rentrent donc dans l'ordre. C'est une maigre consolation, le prix de ma liberté. Je devrais pourtant m'en contenter.

J'embrasse Bill et le prends dans mes bras. Il semble surpris, mais me serre contre lui.

Cela ne dure qu'un instant. Puis, je m'écarte et je m'éloigne à regret.

Au coin de l'avenue, je me retourne pour le saluer une dernière fois de la main et j'abandonne pour toujours la Villa des Hirondelles. Je laisse à leur destin ses habitants et leurs fantômes.

Dans le fond Pierre Fortin était-il vraiment un type bien ? J'en suis de moins en moins sûr. Trop pressé, trop sûr de lui, exigeant, un peu égoïste. Je commence à prendre mes distances avec lui. Je devrais penser à considérer mes contemporains avec plus d'indulgence.

Je longe la plage, m'y arrête un moment, avant de reprendre mon chemin vers l'appartement.

Là, ils m'attendent. Albert, Alice et Charlotte. Nous repartons pour Paris dans moins d'une heure. J'y retrouverai notre quartier, notre HLM, mon école, Momo et les gamins de ma classe.

Il faut m'y résoudre : je vais devoir assumer la nouvelle existence qu'un étrange destin m'a offerte.

Mais est-ce si terrible ? Ce quartier, cette banlieue grise, je m'y étais fait. Je réalise aussi que ces gens qui m'étaient étrangers comptent aujourd'hui pour moi. Ces parents adoptifs sont maladroits, mais ils ne me veulent que du bien. Même cette chieuse de Charlotte, je finis par la trouver attachante.

D'ailleurs, maintenant que la malédiction qui pesait sur mon passé est brisée, j'ai une autre revanche à prendre. En y réfléchissant bien, dans dix ans, je peux passer mon bac. Les doigts dans le nez. Peu après, je lancerai officiellement mon business. Ça c'est déjà vu, des petits génies qui font fortune. Sauf que pour ma part, j'ai déjà derrière moi une grande école et 20 ans d'expérience. C'est sûr, je vais casser la baraque.

Oui, c'est décidé, dès la rentrée, j'arrête de jouer au con. C'est Momo qui va en tirer une tête.

Je repars à zéro.

Ahmed m'a tué, mais j'ai volé aux dieux une seconde vie et je compte bien en profiter.

...Intensément.

À propos de l'auteur

Historien, scénariste et dessinateur de bandes dessinées, Pierre Decock s'est lancé en 2007 dans le roman policier et le thriller. Il remporte alors avec « Toccata » le prix des Lecteurs de la Grande Région. Peu après paraissent les premières aventures de Joao Da Costa, un jeune inspecteur luxembourgeois confronté dans « De profundis » à un insaisissable tueur en série. D'autres polars ont suivi, mêlant suspense, humour et mystère. La plupart ont pour cadre le Luxembourg, un pays que l'auteur connaît bien, puisqu'il y vit depuis plus de trente ans.

Dans la même collection

Didier Debord, *Il vous faudra vivre avec...*

Pierre Decock, *Lea m'attendra*

Gaston Zangerlé, *La pègre et la boxeuse*

Monique Feltgen, *Das Rousegäertchen-Komplott*

Pierre Decock, *Le moine à la boucle d'oreille*

Pierre Decock, *Victor*

Werner Giesser, *Die Gutland-Morde*

Hauke Schlüter, *Tod in Belval*

Hauke Schlüter, *Rost*

Monique Feltgen, *Schatten über Diekirch*

Gaston Zangerlé, *Le cadavre du Saut d'Acomat*

Didier Debord, *Greffes sauvages*

Pierre Decock, *Un si gentil voisin*

Victor

www.ingramcontent.com/pod-product-compliance
Lightning Source LLC
Chambersburg PA
CBHW021208160726
47994CB00001B/383